Dieter Lösken

Mach doch mal ‘ne Bank in Nigeria auf

Dieter Lösken

Mach doch mal 'ne Bank in Nigeria auf

Bibliografische Information der Deutschen Nationalbibliothek
Die Deutsche Nationalbibliothek verzeichnet diese Publikation in der Deutschen Nationalbibliografie; detaillierte bibliografische Daten sind im Internet über http://dnb.d-nb.de abrufbar.

Dieter Lösken
Mach doch mal 'ne Bank in Nigeria auf
Autobiografie

Titelbilder: Typische Straßenszene auf Lagos Island und
für 2 Kobo (damals 7 Pfennig) mit der Fähre zum Hafen Apapa

Berlin: Pro BUSINESS 2015

ISBN 978-3-86386-867-3

1. Auflage 2015

Produktion und Herstellung: Pro BUSINESS GmbH
Gedruckt auf alterungsbeständigem Papier
Printed in Germany
www.book-on-demand.de

Personen im Buch

Personen in der Reihenfolge des Erscheinens. Alle Namen wurden aus rechtlichen Gründen geändert. Die Erlebnisse sind jedoch alle wahr.

Hendrik */ mein Chef / Niederländer*

Jeff */ Vertrauter, Kontaktmann / US-Amerikaner*

Ian */ vom Area HQ London / US-Amerikaner*

John */ Teaboy / Nigerianer*

Sulola */ Sonderaufgaben / Nigerianerin*

Adeola */ Sekretärin Hendrik / Nigerianerin*

Elke */ meine Sekretärin / Nigerianerin*

Jessica */ Sekretärin Kredit / Nigerianerin*

Ben */ Bote, später Oberbote / Nigerianer*

Charlotte */ Hendriks Gattin / Niederländerin*

Dirk */ Hendriks Sohn / Niederländer*

Michael */ mein Hausboy / Nigerianer*

Sammy */ erster Leiter Kredit / US-Amerikaner*

Joana */ Sammys Gattin / US-Amerikanerin*

Walter / *zweiter Leiter Kredit* / *US-Amerikaner*

Inge / *Walters Gattin* / *Deutsche*

Dayo / *mein Fahrer* / *Nigerianer*

Rico / *Freundeskreis* / *US-Amerikaner*

Vivien / *Ricos Gattin* / *US-Amerikanerin*

Paul / *dritter Leiter Kredit* / *Brite*

Harry / *vierter Leiter Kredit* / *Brite*

Ellie / *Harrys Gattin* / *Britin*

Akono / *Künstler, Maler* / *Nigerianer*

Inhalt

Einleitung

Vor 40 Jahren, ich war gerade mal 27, wurde ich zusammen mit einem Kollegen aus den Niederlanden nach Nigeria entsandt, dort eine Bank zu eröffnen.

Meine erwachsenen Kinder, deren Partner, meine Nichten und Neffen und auch deren Partner, fragten mich häufig: „Wie war das denn damals in Nigeria? Erzähle uns doch nochmal ein paar komische Geschichten."

Ich danke ihnen, dass sie mich gedrängt haben, meine Erlebnisse niederzuschreiben. Obwohl ich keinerlei Erfahrung im Bücherschreiben hatte, habe ich begonnen und war überrascht, wie viele Erlebnisse und Details mir dabei wieder einfielen. Es kam mir so vor, als würde ich diese Jahre in Nigeria nochmals erleben.

Ich bin heute noch dankbar, dass ich als junger Mann die Gelegenheit bekam, unter schwierigen Bedingungen in Lagos eine Bank aufzubauen.

Wir Banker haben damals vielen Geschäftsleuten geholfen. Die Zahlungen für ihre Importe wurden durch unsere Akkreditive garantiert. Dabei hat die Bank gut verdient. Kredite an große und kleine Firmen sowie alle anderen Bankgeschäfte haben uns schon im ersten Jahr einen kleinen Gewinn eingebracht. Viele Kunden kamen zu uns aufgrund unseres positiven Rufes.

Rückblickend würde ich sagen, wir haben für das Land wenig getan. Nun, wir haben Mitarbeiter ausgebildet und Steuern gezahlt, aber die dringend notwendigen Investitionen in die Hafenerweiterung, die Strom- und Wasserversorgung, die Kanalisation für Abwasser und den Ausbau des Straßennetzes haben wir in der Zeit, in der ich dort war, außer acht gelassen.

Ich hatte Erfolgserlebnisse, aber ich habe auch Elend gesehen. Slums, fehlende Hygiene, verseuchtes Wasser, begleitet von Lärm und Gestank, sowie eine hohe Säuglingssterblichkeit.

Nigeria hat mich für meinen weiteren Lebensweg geprägt. Ich bin zufriedener geworden und nach meinen Erlebnissen und Erfahrungen dort müssen Probleme schon sehr groß sein, damit ich sie hier nicht belächele.

Ich habe alle Namen geändert, aber die Erzählungen sind authentisch.

Damals hatte ich eine 8mm Schmalfilmkamera. Von meinen Filmen habe ich ein paar Bilder herausgesucht und in diesem Buch veröffentlicht.

Mein Werdegang bis zum Afrikaeinsatz

Ich wurde 1946 in Düsseldorf geboren.

Eine deutsche Geschäftsbank in Düsseldorf bildete mich zum Bankkaufmann aus und 1967 erhielt ich meinen Kaufmannsgehilfenbrief.

Der frühe Tod meines Vaters und die Nachricht, nicht von der Bundeswehr wegen Augenzitterns einberufen zu werden, bewogen mich, ins Ausland zu gehen. Ich entschied mich für die USA und flog mit einer Propellermaschine der Icelandic Airlines von Luxemburg über Reykjavik nach New York. Ich hatte mir ein 99 Dollar Ticket für die Greyhound Busse besorgt, mit dem ich von New York aus durch das ganze Land mit Abstechern nach Mexiko und Kanada reiste.

Im mittleren Westen lebte ein Cousin meines Vaters. Bei einem Besuch dort erfuhr ich, dass gerade eine neue Bank in diesem Ort aufgemacht hatte. Ich bewarb mich und erhielt eine Stelle als Trainee bei der The First National Bank and Trust Company of

Mountain Home, Arkansas. Hier lernte ich die Arbeitsabläufe einer kleinen amerikanischen Bank kennen und verbesserte gleichzeitig meine englischen Sprachkenntnisse.

Nach einem Jahr bei dieser Bank kehrte ich nach Deutschland zurück und meldete mich wieder bei der deutschen Geschäftsbank in Düsseldorf, die mir während meiner Abwesenheit unbezahlten Urlaub gewährt hatte. Dort wurde mir eine Stelle in der Wertpapier-Abwicklung zugeteilt, die mich aber nicht zufriedenstellte.

Ich schaute mich um und fand Anfang 1969 eine Stelle bei einer amerikanischen Bank in Frankfurt. Dort war ich zunächst in der Buchhaltung und dann in der Innenrevision tätig.

1971 wurde mir die Innenleitung der Filiale Düsseldorf übertragen.

Die Bank wuchs stetig. Ich wurde dann 1972 zur Filiale Paris versetzt und arbeitete dort zusammen mit dem lokalen Innenleiter an der Verbesserung der Arbeitsabläufe.

Bei dem internationalen Wachstum der Bank beschloss die Zentrale in den USA, einheitliche Formulare und Arbeitsabläufe einzuführen. Dazu stellte sie zwei Arbeitsgruppen, eine in den USA und eine in London, zusammen. 1973 wurde ich Mitglied der Londoner Arbeitsgruppe und mein Aufgabengebiet war der Geld- und Devisenhandel.

Mitte 1973 versetzte mich die Bank nach Dublin, Irland, um die Nachfolge des ausgeschiedenen Innenleiters anzutreten. Die Arbeit war hektisch, da wir räumlich aus allen Nähten platzten. So war eine meiner Aufgaben, sich nach neuen Geschäftsräumen umzusehen. Neue Räume wurden gefunden, jedoch war ich beim Umzug schon bei meinem neuen Aufgabengebiet in Nigeria.

Der Auftrag

Im Februar 1974 klingelte mein Telefon. London war dran. Der oberste Bankchef von Europa und Afrika, der Area Head, wollte mich sprechen. Mich? Warum? Hier in Dublin lief doch alles bestens und auch unsere Zinsposition aus Währungsgeschäften hatten wir in den Griff bekommen.

Nach dem üblichen 'Small Talk' wurde ich gefragt, ob ich einer Versetzung nach Laos zustimmen würde. Man wollte dort eine Tochtergesellschaft gründen und lokale Bankgeschäfte betreiben. Eine Machbarkeitsstudie gäbe es bereits und sie zeige, dass man schon nach kurzer Zeit mit schwarzen Zahlen rechnen könne.

Ich zögerte. Waren da nicht der Vietnam Krieg und die Unruhen in Kambodscha? Aber ich wollte mehr von der Welt sehen und Karriere machen. Also sagte ich ja und freute mich über diese neue Chance.

Ich wurde vorerst zu strikter Geheimhaltung verpflichtet. Man würde mir vertrauliche Unterlagen zuschicken.

Ich suchte einen Atlas, aber den gab es in der Filiale Dublin nicht. So ging ich in der Mittagspause in einen Buchladen und fand in einem Atlas Laos. Meine Befürchtung bewahrheitete sich, Laos lag mitten im Krisengebiet. „Mein lieber Mann“, dachte ich, „ich hoffe die Bank weiß was sie da tut.“

Vertrauliche Unterlagen

Der vertrauliche Umschlag kam am nächsten Tag. Ich war aufgeregt, als ich die Machbarkeitsstudie aufschlug. Aber was war das? Da stand nicht Laos sondern Lagos. Hatte ich mich verhört? Ich blätterte alle Unterlagen durch und kein Zweifel, alle Papiere handelten von Lagos in Afrika. Also wieder ab in den

Buchladen. Meine neue Arbeitsstätte lag am Atlantischen Ozean, genauer gesagt am Golf von Guinea und war die damalige Hauptstadt von Nigeria in West-Afrika. Nigeria hatte damals eine Bevölkerung von etwa 60 Millionen Menschen. In der Buchhandlung fragte ich nach einem Reiseführer für Nigeria, aber so etwas hatte man nicht. So blieb mir nur die Machbarkeitsstudie, die ich eingehend studierte.

Was war ich froh, dass ich niemandem über meine neue Stelle hatte erzählen dürfen. Was für eine Blamage wäre es gewesen einzugestehen, dass ich Lagos mit Laos verwechselt hatte. Ein Hendrik meldete sich telefonisch bei mir. Der Area Head hatte mich unterrichtet, dass Hendrik mein Boss in Lagos sein würde.

Hendrik schlug vor, dass ich mal für einen Tag zu ihm nach Amsterdam kommen sollte um uns kennenzulernen und um mich über den Stand der Dinge zu informieren. Wir vereinbarten einen bestimmten Tag, an dem ich morgens an- und abends wieder zurückreisen würde.

Amsterdam

Ich nutzte die Gelegenheit, anstatt morgens von Dublin nach Amsterdam, sondern schon am Vorabend nach Düsseldorf zu fliegen. Hier besuchte ich meine Mutter und übernachtete bei ihr. Ich nahm dann am frühen Morgen einen Zug nach Amsterdam. An der Grenze stiegen Geldwechsler mit dicken Taschen in den Zug. Es war bestimmt nicht verkehrt, etwas holländisches Bargeld zu haben und so gab ich einem Geldwechsler 50 DM. Ich wusste, dass der holländische Gulden weniger wert war als die Deutsche Mark und erwartete über 50 Gulden. Aber der Mann gab mir nur etwa 45 Gulden. „Gebühren", sagte er als Antwort auf meine Beschwerde. Das fängt ja gut an. Sollte das ein Vorgeschmack auf Nigeria sein?

Hendrik begrüßte mich herzlich. Er war groß, sportlich, einige Jahre älter als ich und sprach mit einem leichten holländischen Akzent. Er erzählte, dass er letzte Woche in Lagos gewesen war. Er hatte bei einem Kontaktmann der Bank mit Namen Jeff gewohnt. Jeff war vom Area Headquarter in London beauftragt worden, sich nach passenden, hochrangigen nigerianischen Geschäftsleuten umzusehen. Diese sollten dann unter strengster Geheimhaltung eine

Banklizenz für uns besorgen und da wir ja auch einheimische Mitglieder im Aufsichtsrat benötigten, dann als Non-Executive Direktoren für unsere neue Bank fungieren.

Eine Geheimhaltung war deshalb so wichtig, weil wir noch keine Banklizenz hatten und der Markt nicht vorzeitig erfahren sollte, was unsere Bank in Lagos vorhatte.

Hendrik äußerte sich auch zu den vielen Betrügereien, die in Nigeria vorkommen. Er sagte, wenn auch nur die kleinste Kleinigkeit von unseren zukünftigen Mitarbeitern entwendet oder veruntreut wird, müssen wir sofort die Kündigung aussprechen. Das stand auch schon in der Machbarkeitsstudie.

Hendrik erzählte von der Hitze und Schwüle in Lagos und regte an, dass ich mir entsprechende Kleidung besorgen sollte. Er meinte, dass es vor Ort damals keine geeigneten Herrengeschäfte gäbe.

Impfungen

Ich erkundigte mich, welche Impfungen ich für Nigeria brauchte. Da war die Gelbfieber Impfung, die mir von einem Arzt im Dubliner Stadtteil Blackrock gegeben wurde. Zum Glück reichte diese Impfung für 10 Jahre. Anders war es mit der Cholera Impfung, die alle 6 Monate erneuert werden musste. Dafür fand unser Management Team in Lagos einen guten Impfarzt vor Ort. Und da waren noch die Malaria Tabletten, die von den Amerikanern in Lagos Sonntag-Sonntag Tabletten genannt wurden, da sie immer sonntags eine Tablette nahmen. Ich nannte sie Montag-Montag Tabletten und musste sie dann jeden Montag nehmen. Auch musste ich dafür Sorge tragen, dass meine Impfungen immer auf dem Laufenden waren und dass sie auch in meinem Impfpass eingetragen wurden.

Packen

Ich bereitete mich auf meine Reise zu einem Kontinent vor, von dem ich keine Ahnung hatte. Was war sinnvoll mitzunehmen und was nicht? Hendrik hatte mir ja gesagt, dass ich Kleidung für heißes und feuchtes Klima mitbringen sollte. Also besorgte ich mir neue Garderobe in Geschäften mit Tropenkleidung. Ich verzichtete auf einen Tropenhelm. Ich kannte solch einen Helm zwar aus alten Filmen, aber er erschien mir nicht mehr zeitgemäß.

Beim Packen beschränkte ich mich auf das Nötigste und dachte mir, Geschäfte wird es auch dort geben. Das erwies sich als Irrtum, denn meine Einkaufslisten konnte ich nur bei Heimaturlauben abarbeiten. Mein Hab und Gut, welches ich nicht mitnehmen wollte, packte ich in 20 Umzugskartons und schickte diese von Dublin zu meiner Mutter. Ich flog dann nach Düsseldorf und vereinbarte mit dem Hausmeister des Gebäudekomplexes, in dem meine Mutter wohnte, die Einlagerung dieser Kisten in einem leeren Kellerraum.

Flugtickets für den Hin- und Rückflug hatte ich mir schon durch die Dubliner Filiale besorgt. Ein temporäres Visum von der nigerianischen Botschaft in Bonn war schnell ausgestellt.

Ankunft

Nigeria, here I come! Die Mystery Tour konnte beginnen. Es war Ende April 1974 und der Flug war angenehm. Durch die gleiche Zeitzone wie Deutschland brauchte ich meine innere Uhr und meine Armbanduhr nicht umzustellen.

Als ich aus dem Flugzeug stieg, war es 20 Uhr und dunkel. Mir schlug auf dem Rollfeld und auch in der Ankunftshalle heiße, feuchte Luft entgegen.

Pass- und Visumkontrolle. Obwohl der Beamte in Militäruniform Englisch sprach, hatte ich doch meine Mühe, ihn zu verstehen. Von meiner beruflichen Tätigkeit durfte ich noch nichts sagen, so war mein Besuchsgrund Geschäftsreise beziehungsweise Business Trip. Ein Stempel wurde auf ein Stempelkissen gehauen , welches sich schon von dem Metallrahmen gelöst hatte. „Welcome to Nigeria“, sagte er, während er den Stempel in meinen Pass knallte. Dann begann die Koffersuche. Nein, kein Gepäckband, die Koffer wurden alle in eine Ecke geschmissen. Das Suchen begann. So mancher Designer Koffer hatte nach dieser Prozedur deutlich an Wert verloren. Dann der Zoll. Ich war vorgewarnt, dass man hier die Koffer aufmacht, darin herumwühlt und versuchen muss, den aufgewühlten Kofferinhalt wieder zu verstauen. Mir wurde im Vorfeld geraten, doch eine Spende zu geben, die den Prozess wesentlich beschleunigen würde. Als ich dran war, kam prompt die Frage: „Etwas zu verzollen?“ Ich schüttelte den Kopf und hielt einen Sterlingschein in den Händen. Der Zollbeamte, auch in Militäruniform, deutete auf eine Person hinter dem Zoll. Nachdem mein Koffer nun den Zoll ungeöffnet passieren durfte, übergab ich meine Spende der Person. Ein kurzer Blickkontakt zwischen diesem Mann und dem Zollbeamten und ich konnte auf den Ausgang zugehen.

Sonnenauf- und -untergang in Lagos, Nigeria

Sommer wie Winter
Sonnenaufgang 8 Uhr
Sonnenuntergang 20 Uhr
Regenzeit April – Oktober

Erste Zweifel

Ich hielt nach meinem Namensschild Ausschau. Nur war ich nicht der Einzige, der abgeholt werden sollte. Ich sah Menschenmassen aber kein Namensschild. Plan B war ein Taxi zu nehmen, doch kein Taxistand weit und breit. Hier stand ich nun schwitzend, die Kleidung klebte an meinem Körper, in der Dunkelheit des schwarzen Kontinents. Warum hatte ich nur zugesagt, diese Stelle anzunehmen? Endlich sah ich ein Schild mit meinem Namen. Ach war ich glücklich. „Master“, sagte der Schildtragende, „Sorry me late, but traffic“.

Die Fahrt vom Flughafen in die Innenstadt war ein Alptraum: Rücksichtslose Fahrer, Massen von Autos, Minibusse, Menschen und Rindviechern, jede Menge Beinahzusammenstöße, Marktfrauen mit Babys auf dem Rücken, die auf großen runden Metalltabletts Waren anboten, laute Musik mit mir unbekannten Klängen und Rhythmen, üble Gerüche, Straßen mit Schlaglöchern und Gehwege bestehend aus Sand oder Matsch. Ich war total geschafft, als wir vor einem chinesischen Restaurant anhielten. „Master, you go, I wait."

Nigerianische Direktoren

Ist das hier eine Oase in der unbekannten und bisher unsympathischen Stadt? Ich betrat das Restaurant und mir schlugen die kühle Luft der Klimaanlage und mir vertraute chinesische Essensgerüche entgegen. Ich entdeckte meinen holländischen Boss und Ian, ein Mitarbeiter vom Area HQ in London. Dann war da noch ein dritter Weißer, den ich aber nicht kannte. Am selben Tisch saßen drei Nigerianer in ihrer Ausgehkleidung mit feinen weißen Roben, die mit Stickereien versehen waren. Ich als Rheinländer hätte ihnen im Karneval sofort den ersten Preis bei einem Kostümwettbewerb gegeben. Zwei von ihnen wedelten sich frische Luft zu, oder war das eine Fliegenklatsche mit einem Wedel, der bei näherem Anblick aus Pferdehaar bestand. Ich wurde von den mir bekannten Weißen mit „Hallo“ begrüßt und dann den Nigerianern vorgestellt. Alle Drei waren groß und schlank. Später habe ich erfahren, dass zwei von ihnen Yoruba und einer ein Hausa aus dem Norden des Landes waren.

Ihre Namen waren sehr lang und ich konnte mir keinen merken, nur dass jeder Name mit 'Chief' anfing. Dies waren also unsere ausgesuchten Non-Executive Direktoren, die zusammen mit Mitgliedern unseres Area HQ den Aufsichtsrat bildeten. Ihre Ernennung wurde sehr lange geheimgehalten, damit sie in Ruhe den Weg für unsere Banklizenz ebnen konnten. Sie wirkten auf mich wie Personen mit viel Autorität. Ihre Körperhaltung war gerade und aufrecht, ihre Wortwahl Oxford English, und ihr verschmitztes Lächeln machte sie sehr sympathisch.

Chief

Ein Chief ist eine wichtige Person, die den Vorsitz bei einem Stamm hat. Er delegiert seine Aufgaben an eine Vertrauensperson, tritt aber selbst als Häuptling auf.

Der Stamm der Yoruba

lebt in West-Afrika, vornehmlich in Nigeria
mit den Hochburgen Ibadan und Lagos
und hat eine eigene Sprache.

Der Stamm der Hausa

bevölkert den nördlichen Teil von Nigeria
mit der Stadt Kano. Männer dieses Stammes sind
überwiegend groß gewachsen.
Auch die Hausa haben ihre eigene Sprache.

Auch dem anderen Weißen wurde ich vorgestellt. Er hieß Jeff und war ein Vertrauter der Bank. Jeffs Alter war schwer zu schätzen, aber er war nicht mehr der Jüngste. Er hatte großes Übergewicht und war nicht gut zu Fuß. Er fuhr immer einen weißen Wagen. „Mein Markenzeichen", erzählte er mir. Er trug immer ein weißes Hemd und oft dazu eine weiße Hose. So hatte ich mir die Kolonialherren vorgestellt. Aber Nigeria war ja schon seit mehreren Jahren selbstständig und die Kolonialherren verloren ständig an Einfluss.

Ian, der Mann vom Area HQ, ergriff das Wort. „Sie sehen meine Herren, wir bringen hier ein tatkräftiges Team von verschiedenen Nationalitäten zusammen." Was die wohl bei meinem Anblick gedacht haben? Ich hatte keine Gelegenheit gehabt, mich umzuziehen oder zumindest mich frisch zu machen. Ich stammelte: „Sorry, I am late, the traffic." Da war das Eis gebrochen, alle lachten herzhaft. „Ja, ja der Verkehr."

Zum Glück war das Essen schon vorüber, denn ich war hundemüde und ich fühlte mich so unwohl in meiner verschwitzten Kleidung. Die Verabschiedung ließ dann auch nicht auf sich warten.

Jeff, die Vertrauensperson

Vor dem Restaurant warteten schon die Fahrer in den großen Limousinen auf Ihre Chiefs. Für die Weißen war auch ein Auto mit Fahrer da, jedoch eine Nummer kleiner als die der Hausherren. Gut, dass Jeff auch sein Auto mit Fahrer mitgebracht hatte, sodass wir uns nicht alle in ein Auto quetschen mussten. Die Fahrt durch Lagos war eine Wiederholung meiner ersten Fahrt vom Flughafen mit allen bekannten Angriffen auf meine Sinnesorgane. Wir fuhren über eine Brücke nach Ikoyi Island, wo Jeff seinen Wohnsitz hatte. Jeff teilte Ian vom Area HQ, Hendrik, meinem holländischen Boss und mir jeweils ein Zimmer zu. Es war ein großes zweistöckiges Haus. Ich schaute aus dem Fenster und sah den Mond. Jedoch war die Form nicht eine Klammer rechts oder links, sondern eine kleine Schale. War das nun ein zunehmender oder abnehmender Mond? Diese Frage wollte ich aber an diesem Tag nicht mehr klären. Ich war in einer anderen Welt. Mit diesem Gefühl schlief ich sofort ein.

Jeff, in dessen angemietetem Haus wir jetzt erst einmal wohnten, war ein Gründungsmitglied der Nigerian-American Chamber of Commerce, also der Nigerianischen-Amerikanischen Handelskammer.

Eine seiner Aufgaben war die gezielte Werbung, amerikanische Firmen zu bewegen, in Nigeria eine Fabrik, eine Filiale oder eine Tochtergesellschaft aufzumachen. So kam dann auch der Kontakt mit unserer Bank zustande, als die nigerianische Regierung beschloss, Banklizenzen für amerikanische Banken auszugeben. Jeff war schon viele Jahre in West- Afrika und kannte sich mit der wirtschaftlichen und politischen Situation sehr gut aus.

Jeff konnte sehr gut erzählen. Seine Beschreibungen hätten aus dem National Geographic Magazin stammen können. Er liebte Nigeria und andere Landstriche in West-Afrika. Er hatte versucht, die Greyhound Busse nach Nigeria zu holen, aber das Geschäft kam nicht zustande, bestimmt wegen der schlechten Straßenverhältnisse. Er war jetzt Managing Direktor einer Fischfabrik, die gefrorene Garnelen nach den USA exportierte.

Biafra Krieg

Ich sprach Jeff auch auf den Biafra Krieg an. „Es war grausam", berichtete er. Viele unschuldige Menschen wurden getötet. Hier in Lagos und Umgebung, eine Hochburg der Yoruba, wurden alle Ibo ermordet. Die Armeen der Yoruba und der Ibo hatten hohe Verluste. Die zahlreichen Hilfsgüter aus aller Welt erreichten nur selten die hungernde Bevölkerung. Entweder beschlagnahmte das Militär die Hilfssendungen, oder die Piloten, die die Hilfsgüter ins Krisengebiet fliegen sollten. Sie verlangten irrsinnige Summen für ihr persönliches Risiko. Aber diese Piloten flogen auch Waffen nach Biafra, die aus undurchsichtigen Quellen stammten. Jeff meinte, da steckten bestimmt Ölfirmen dahinter. Diese Waffenlieferungen verlängerten den Krieg und damit auch das Leiden der hungernden Bevölkerung.

Der Biafra Krieg

ging von 1967 bis 1970. Auslöser waren die Ölfunde in der Gegend um Port Harcourt, die die Ibo nicht mit dem Rest von Nigeria teilen wollten.
Sie riefen die unabhängige Republik Biafra aus mit der Hauptstadt Enuga.
Die Yoruba setzten daraufhin Militär ein und erhofften einen schnellen Sieg.
Der Krieg dauerte jedoch 4 Jahre. Sieger waren die Yoruba, die somit die Teilung des Landes verhinderten.

Der Stamm der Ibo

ist im Südosten des Landes zuhause. Viele Schulen werden von christlichen Einrichtungen geleitet. So galten die Sympathien aus der westlichen Welt den Ibo während des Krieges.

Bankgebäude

Meine erste Nacht in Afrika hatte ich dank Bettschwere gut überstanden.

Ein älterer schwarzer Herr brachte mir ein Continental Frühstück. Er hieß John und war der Hausboy von Jeff. Mein Boss und der Mann vom Area HQ waren schon auf und sagten mir, dass sie wegen der Banklizenz eine Verabredung mit den Behörden hätten. Jeff schlief noch. Er verließ das Haus später, um seinen Geschäften nachzugehen. Mein Chef hatte mir gesagt, ich sollte mir mal Gedanken machen, ob dieses Haus sich als Bankgebäude eignen würde. Der Mietvertrag stand zur Verlängerung an und Jeff wollte sich wegen der explodierenden Mietpreise verkleinern.

Blaupausen gab es keine, so zeichnete ich mir selbst die Grundrisse auf. Ich kam schnell zu der Erkenntnis, dass einige Wände verschwinden müssen - hoffentlich keine tragenden - und dass wir viel zusätzliche Bürofläche benötigen würden.

Das Grundstück war groß genug, wenn man die Quartiere (Boys Quarters)für Büros nutzte. Ich hatte keine Ahnung, was für eine Baugenehmigung notwendig war, ob der Besitzer überhaupt zustimmen würde und welche Miete er verlangen würde. Ich brauchte auch einen Architekten, der die Detailplanung, die Ausschreibung der einzelnen Gewerke und die Bauüberwachung vornehmen sollte. Das Ganze war machbar.

Boys Quarters

sind die Behausungen von Hauspersonal. Jeweils ein Raum steht einer Person oder einer Familie zu. Das Wort Boy gilt hier auch für älteres und weibliches Personal. Der Raum ist nur so groß, dass gerade mal die Betten Platz hatten. Der einfache Bau ist meistens hinter dem Haus versteckt.

Banklizenz

Meine beiden Mitbewohner kehrten freudestrahlend zurück. Wir bekommen die Lizenz für eine Merchant Bank, Lizenz Nummer 001, also die erste Merchant Bank in Nigeria. Von so einer Bank war in der Machbarkeitsstudie nicht die Rede. „Was darf denn so eine Bank machen und was nicht?" fragte ich skeptisch. „Ach, ich sollte das nicht so eng sehen", meinte Ian. Wir waren von der nigerianischen Zentralbank aufgefordert, diese Darf-und-Nichtdarf-Produkte aufzuschreiben, jedoch erst nachdem die Bank voll operationsfähig war.

Operierende Banken in Nigeria
bis zu unserem Eintreffen

Es gab die Zentralbank,
eine Reihe von lokalen Geschäftsbanken
die Arab Bank als Geschäftsbank
und eine handvoll Britischer Geschäftsbanken, die sich
als Tochtergesellschaften etabliert hatten

Architekt

Ich berichtete von meiner Gebäudeuntersuchung und man schlug mir vor, doch mit einem bestimmten Architekten Kontakt aufzunehmen, der in London studiert hatte. Die Telefonleitung war tot, also ab ins Auto und sich durch Lagos zum Architekturbüro fahren lassen. Jetzt bei Tageslicht sah ich erstmals das Ausmaß von Auto- und Menschenmassen. Der Lärm schien noch intensiver als gestern Abend zu sein, daran werde ich mich wohl gewöhnen müssen.

Der Architekt war schwarz, was hatte ich eigentlich erwartet? Er machte einen guten Eindruck auf mich. Sein Nachnahme war sehr lang und ich meinte diesen schon einmal gehört zu haben. Aber woher sollte ich nigerianische Namen kennen? Doch halt, gestern Abend im Chinarestaurant. Ich fragte ihn frei heraus: „Sind sie verwandt mit einem unserer Direktoren?“ „Aber ja, ich bin der älteste Sohn.“ Ich hatte so etwas schon geahnt, hier herrscht Vetternwirtschaft. Das konnte ja noch heiter werden. Wir verabredeten einen Termin vor Ort am nächsten Tag und ich fuhr mit meinem Fahrer wieder durch das mir schon bekannte Chaos.

Aufgabenverteilung

Zurück im Haus tauschten wir unsere Erfahrungen aus. Hendrik und Ian waren sehr froh, dass dieses Haus sich für unsere Geschäftsräume eignete. Vorausgesetzt der Architekt findet kein Problem wegen tragender Wände und anderer gravierender Hindernisse.

Für den nächsten Tag wollten die Beiden versuchen, unseren Namen zu ändern. Genehmigt war die Kurzform unseres Namens mit dem Zusatz (Nigeria)

Ltd. Man wollte also jetzt versuchen, den kompletten Namen mit dem Wort Bank und wieder mit (Nigeria) Ltd. genehmigt zu bekommen. Ach du lieber Schreck! Natürlich wäre es gut, den kompletten Namen zu haben, aber das brachte für mich ein großes Problem. Ich hatte mir schon ausgemalt, wie ich den Schriftzug von 22 Buchstaben, das waren mit Zwischenräumen, Klammern und Punkt sogar 28 Stellen, fein säuberlich über die noch zu bauende ganze Fassadenlänge gestalten könnte. Sollten wir die Genehmigung bekommen, wären das 39 Buchstaben bzw. 49 Stellen. Ich glaube die Übernahme des Nachbarhauses war keine Alternative. Aber wir hatten ja einen Architekten für die Lösung dieses Problems.

Wir einigten uns, dass ich mich um das Gebäude, die Möbel, die Maschinen, das Telefon sowie eine Telexverbindung und natürlich auch um die Mitarbeiter für Operations – ich glaube heute sagt man dazu Back Office – inklusive Buchhaltung, Boten und Empfang kümmern würde.

Den Geldhandel zur Refinanzierung der Kredite und zu Investitionen in nigerianische Wertpapiere wollte ich selbst übernehmen. Heute wäre es undenkbar, dass der Geldhändler auch für die Abwicklung verantwortlich ist.

Sulola

Ich glaube, jetzt sollte ich Sulola erwähnen. Diese junge Dame war schon da. Woher sie kam und wer sie eingestellt hatte, wusste ich zunächst nicht. Später erfuhr ich, dass Sulola Jeff gut kannte und Jeff meinem Boss Hendrik nahegelegt hatte, sie doch als Mädchen für alles zu engagieren.

Da ihre Arbeit in mein Ressort fiel, setzte ich mich mit Sulola zusammen. Ihr Alter war schwer zu schätzen. Sie war Anfang 30, groß, hatte einige Pfunde an den richtigen Stellen zugelegt, auf die sie sehr stolz war. Sie erzählte mir, dass sie früher als Stewardess bei Nigerian Airways tätig war und ein Passagier sie gefragt hatte: „Wie lebt man denn so in diesem unterentwickelten Land?“ Sie hatte darauf geantwortet: „Wieso unterentwickelt? Sehen sie sich doch mal meine Brüste an, was ist daran unterentwickelt?“ Sie lachte gerne. Sie erzählte mir von einem Mann, der derzeit im Ausland war und den sie heiraten wollte. Dass dieser Mann schon verheiratet war, störte sie nicht.

Jeff bestätigte mir, dass Sulola viele Chiefs und Politiker kannte, dass sie wusste, wen man wann mit Schmiergeld zum Erreichen unserer Ziele einspannen konnte.

Als wir dann später Mitarbeiter hatten, verstand sie sich mit ihren Landsleuten nicht allzu gut. Bei unseren Boten und Fahrern war sie gefürchtet.

Nun, sie hatte einen aufwendigen Lebensstil. Sie fuhr einen flotten Wagen ohne Versicherung, da sie immer knapp bei Kasse war. Wenn ich ihr einen 10 Naira Schein in die Hand drückte, um etwas für 5 Naira zu besorgen, sah ich nie das Wechselgeld.

Hier ist zum ersten Mal von Naira die Rede.

Naira ist die nigerianische Währung.
1 Naira hat 100 Kobo.

Zu meiner Zeit in Nigeria war
1 Naira etwa 1,60 US Dollar oder 3,70 D-Mark oder
0,70 Britische Pfunde wert.

Frühstücksdirektor

Der Architekt machte eine gute Planung, bei der einige nichttragende Wände weichen mussten. Wohnzimmer und Herrenzimmer wurden zum Großraumbüro für Operations. Aus den Schlafzimmern im 1. Obergeschoss wurde ein Konferenzraum und ein Büro für die Buchhaltung. Die Garage wurde zum Empfangsraum und die Boys Quarters wurden einbezogen in den Neubau für die Kreditabteilung. Mein Chef bekam ein Einzelzimmer mit angrenzendem privaten Badezimmer. Empfang, Kreditabteilung und Operations wurden mit einem Wandelgang verbunden, so blieb ein kleiner Innenhof mit Palme erhalten. Nur mein Zimmer hatte der Architekt in den Gangbereich gelegt, sodass ich jeden vorbeigehenden Mitarbeiter oder Kunden begrüßen konnte. Vielleicht hat er dabei gedacht, dass ich so ein Frühstücksdirektor bin und statt zu arbeiten, all die lieben Leute begrüßen wollte. Das wurde dann aber schnell korrigiert und ich bekam ein Einzelzimmer mit Fenster zur Straße, um so alles im Auge zu haben. Meine Aufgabe war es jetzt, die Zustimmung für die Baumaßnahmen vom Eigentümer zu bekommen und damit verbunden auch einen neuen Mietvertrag über 5 Jahre zu verhandeln. Der Architekt konnte jetzt die Ausschreibungen, Vergaben und Überwachung der Gewerke anlaufen lassen.

Juju-Fluch

Sulola bat ich, mit John, dem älteren Teaboy zu sprechen und ihm zu erklären, dass wir ihn gerne weiterhin beschäftigen möchten, nur seine Behausung konnte er nicht weiter nutzen. Sulola sollte auch feststellen, wo John denn hinziehen könnte. Was die beiden Wachleute betraf, so hatte ich für diese keine Verwendung. Sulola sollte ihnen schonend beibringen, dass ihre Dienste nicht mehr gebraucht wurden. Ich benötigte zwar weiterhin Wachpersonal, jedoch Leute, die von einer Sicherheitsfirma in Uniform die Bank bewachen sollten. Ich brauchte keine Rentnerband, die im Schatten der Bäume ständig ein Nickerchen hielten. Später stellte sich heraus, dass auch professionelle Wachleute öfters während des Dienstes einschliefen. Wie ich es gewohnt war, machte ich diese beiden Kündigungen schriftlich mit meiner Unterschrift, was sich als nicht sehr klug erwies. Schon kurze Zeit später hörte ich von Sulola, dass die Beiden mit meinen Briefen zu einem Medizinmann gegangen waren, der dann auf mich den Juju-Fluch gesetzt hatte. Sulola sagte mir, dass dies eine ernste Angelegenheit sei und sie mithelfen würde, dass dieser Fluch wieder von mir genommen wird. Sie bat mich um einen Geldbetrag, den sie dem Witch Doctor für seine 'Leistung' geben würde. Ich müsste aber mitfahren. So fuhren wir dann, ich meine in westlicher Richtung, bin mir aber nicht sicher, aus Lagos heraus und landeten in einem Dorf, das aus mehreren Lehmhütten bestand. Kinder und Federvieh rannten umher, die meisten Frauen waren 'oben ohne' und trugen ihre Babys auf den Rücken, während sie Essen zubereiteten. Männer konnte ich keine entdecken. Sulola stieg mit dem Geld aus, schloss mich in den Wagen ein, was ich zunächst komisch fand. Aber schon bald hörte ich Kriegsgeschrei und Männer mit Weiß angemalten Gesichtern und bewaffnet mit Lanzen umzingelten das Auto. Diese Männer hatten alle tribal marks, also mit einem glühenden Eisen auf die Backe eingebrannte Narben. Jeder Stamm hatte andere tribal marks und so konnte man einen Krieger schnell zuordnen. Inzwischen umringten auch jede Menge Kinder das Auto, die neugierig den Weißen begafften und dabei vor Freude oder Angst quietschten. Einige Kinder weinten, da sie noch nie einen weißen Mann gesehen hatten. So langsam wurde mir die Sache unheimlich, hatte ich doch in Witzzeichnungen Weiße in riesigen Kesseln mit kochendem Wasser gesehen. Aber das hier war gar nicht witzig. Einige Krieger versuchten die Türen zu öffnen. Sulola, wo bleibst Du nur? Zum Glück hatte Sulola das Geschrei gehört und machte dem Spuk ein Ende. Sie schrie die Männer an und deutete in Richtung der Behausung des Medizinmannes. Dann gab sie den Männern noch ein paar Münzen und stieg in den Wagen. „Alles in Ordnung", sagte sie, „Der Juju Fluch wurde von dir genommen". So fuhren wir erleichtert nach Lagos zurück, ich musste aber an die Belagerung des Autos noch lange denken.

Ich habe mich äußerst dumm verhalten, als ich den beiden Wächtern schriftliche Kündigungen übergab. Sie waren ja überhaupt nicht meine Angestellten. Sie waren schon da und arbeiteten für Jeff. Als neue Hausherren hätte ich nur Sulola den Auftrag geben sollen, den Beiden zu sagen, sie müssten ihre Behausung räumen.

Die Episode mit dem Medizinmann und dem Juju-Fluch kann man natürlich aus westlicher Sicht mit Hokuspokus und Geldmacherei abtun. Aber in Westafrika, wo Juju gerade bei den Yoruba eine große Rolle spielt, sollte man sich an die Spielregeln halten, auch und besonders im Interesse der Mitarbeiter. Die Fahrt zum Medizinmann und der Aufenthalt dort waren schon ein Erlebnis, jedoch hatte ich schreckliche Angst und hätte auf diese Erfahrung gerne verzichtet.

Verhandlung mit dem Grundstückseigentümer

Als Nächstes stand die Verhandlung mit dem Grundstückseigentümer an. Ich bat unseren Rechtsanwalt, den wir inzwischen auf Empfehlung der Direktoren angeheuert hatten, im Grundbuch zu überprüfen, ob der uns genannte Vermieter auch der rechtmäßige Eigentümer ist. Gleichzeitig bat ich um eine Terminvereinbarung. Das Haus des Vermieters war auch in Ikoyi. Wir wurden in einen Raum gebeten, in dem acht goldene Stühle zu einem Quadrat aufgestellt waren, also zwei Stühle auf jeder Seite. Sonst war das recht große Zimmer frei von Möbeln bis auf kleine Beistelltische. Der Hausherr und seine Gattin saßen auf der einen Seite, der Rechtsanwalt und ich gegenüber. Ich erläuterte unser Anliegen und der Rechtsanwalt ging zum Hausherrn und zeigte ihm diskret den Grundbuchauszug, der eine Frau als Eigentümerin auswies. Der Hausherr sagte, es ist seine Frau, die als Eigentümerin eingetragen ist und er zeigte ihr das Dokument. Der Rechtsanwalt war damit zufrieden und sagte mir später, es hätte ja auch eine Freundin oder eine weitere Ehefrau, was bei den Moslems Gang und Gebe ist, sein können. Der Hausherr berichtete, dass er als Schuljunge immer über unser Grundstück gelaufen sei und nun wollten wir es zubauen. Der Rechtsanwalt erinnerte an die Parole von Lagos „Man darf den Fortschritt nicht aufhalten". Jedenfalls einigten wir uns, dass die Bauarbeiten durchgeführt werden durften und dass bei einem Auszug kein Rückbau notwendig ist. Der Mietvertrag über 5 Jahre und einem Mietpreis, der laut Rechtsanwalt marktüblich war, wurde von beiden Seiten akzeptiert. Irgendwie war ich aber dann froh, wieder draußen zu sein. Die Atmosphäre in diesem Haus war schon sehr eigenartig.

Um- und Ausbau

Ian sagte zu Hendrik und mir, dass er sehr glücklich sei über die Fortschritte, die wir in nur wenigen Tagen erreicht hatten. Er flog nach London zurück.

Jeff hatte inzwischen seine persönlichen Sachen in sein neues Haus umziehen lassen. Zwei Betten ließ er zurück, damit Hendrik und ich bis zu den Bauarbeiten noch in diesem Haus leben konnten. Selbst nach Beginn der Um- und Ausbauten blieben wir hier wohnen, mussten aber innerhalb des Hauses mehrmals umziehen. John, der ehemalige Hausboy von Jeff und jetzt unser Teaboy für die Bank, machte uns regelmäßig das Frühstück. Wir mussten allerdings immer früh aufstehen, bevor die ersten Mitarbeiter und Bauarbeiter erschienen. Unsere sonstige Verpflegung deckten wir ausschließlich in verschiedenen englischen, französischen, italienischen und auch Hotel-Restaurants ab.

Der Um- und Ausbau ging gut voran. Es gab viele Bauarbeiter, die wie Ameisen kreuz und quer liefen. Abends kam ein gepanzertes Auto und den Arbeitern wurde der Tageslohn ausbezahlt. Ich hätte mir damals das System erklären lassen sollen wie sichergestellt ist, dass der Lohnempfänger auch wirklich den ganzen Tag gearbeitet hat und dass ein Arbeiter nicht zwei- oder mehrmals seinen Tagelohn kassiert. Vielleicht haben die mit Stempeln auf den Arm gearbeitet? Die plötzliche Flut von Arbeitern zog auch die Marktfrauen an. Sie hockten in Scharen auf unserer Autozufahrt, hatten fast alle ein Baby auf dem Rücken gebunden und balancierten ein großes farbenfrohes rundes Tablett voll bepackt mit Essbarem auf dem Kopf. Es gab verbale Machtkämpfe unter den Frauen, wer was und wo verkaufen durfte. Die Bauarbeiter und unsere ersten Mitarbeiter machten von dem Angebot Gebrauch. Später kamen diese Marktfrauen nur um die Mittagszeit, um Essbares unseren Mitarbeitern anzubieten. Ich habe mich nicht getraut, auch etwas zu kaufen, obwohl niemand von den Einheimischen krank geworden war.

Unsere Wohnungen

Die Umbauarbeiten waren inzwischen soweit fortgeschritten, dass Hendrik und ich ausziehen mussten. Aber wohin? Wir hörten von einer Sekretärin in der amerikanischen Botschaft, dass sie einen längeren Urlaub mit ihrer Tochter in Italien machen würde. Also angefragt: „Dürfen wir die Wohnung in der Zwischenzeit anmieten?“ Sie war einverstanden und übergab uns die Schlüssel. Im Gegenzug bekam sie von uns den Namen und die Adresse eines Ansprechpartners bei unserer Filiale in Rom, wo sie ihre Miete abholen konnte. So gab es keine Devisenprobleme und wir hatten erst einmal ein Zuhause. Ich richtete mich im Kinderzimmer ein. Ein Freund hatte mir ein längliches Poster mit der Rheinfront in Düsseldorf, von der Lambertuskirche und dem Schlossturm bis zum Mannesmann Gebäude (jetzt Vodafone), mit auf die Reise gegeben. Dieses Poster befestigte ich über meinem Bett und hatte somit ein Stück Heimat im Raum. Einen Plattenspieler gab es auch und ich spielte immer wieder die Langspielplatte von Nana Mouskouri.

Als die Sekretärin zurückkam, zogen Hendrik und ich zu einem Amerikaner, der ein Apartment mit 3 Schlafzimmern angemietet hatte. So hatte jeder von uns ein eigenes Zimmer und den Rest der Wohnung nutzten wir gemeinsam. So lebte ich also in einer Wohngemeinschaft.

Wir benötigten drei permanente Wohnungen, für Hendrik, für mich und für den Leiter der Kreditabteilung. Dieser war aber noch nicht in Lagos eingetroffen. Die Nachfrage nach modernen Wohnungen und Häusern war groß, dementsprechend hoch waren die Mietpreise. Die Mietkosten waren weitaus höher als die von vergleichbaren Objekten in Frankfurt. Und bei Mietverträgen von 5 Jahren musste man die Miete für die gesamten 5 Jahre im Voraus bezahlen. Aber wir hatten keine Wahl. Wir beschränkten uns bei der Suche auf Victoria Island.

Diese Insel war durch eine einzige Brücke mit Lagos Island verbunden. Von hier musste man eine der beiden Brücken nach Ikoyi Island benutzen, um zu unserem Bankgebäude zu kommen. Wir unterschrieben Mietverträge für zwei Apartments in einem Neubau direkt am Wasser. Bauherr war eine griechische Firma, die auch die Generalvertretung für Mercedes in Nigeria hatte. Die dritte Wohnung war ein Haus. Da es noch keine Straßennamen und Hausnummern gab, zumindest nicht beschildert, mieteten wir das Haus mit der Bezeichnung „Plot 831“ an. Bauherr war ein Chief aus dem Norden von Nigeria. Mit unserer Mietzahlung konnte er schon einen großen Teil der Baukosten decken. Die Mietvorauszahlungen für die Wohnungen und das Bankgebäude fraßen ein großes Loch in unser Kapital, das wir von der Zentrale erhalten hatten. Während die Mietkosten von der Bank getragen wurden, mussten wir einen persönlichen Anteil zahlen, der auf einem fiktiven Mietpreis in unserer Heimat basierte. Dieser Eigenanteil wurde in unserer Gehaltsabrechnung einbehalten.

Orientierung in Lagos

Ich habe eine Karte von Lagos, Stand 1975, mit markanten Punkten gezeichnet. Sie befindet sich am Ende des Buches und soll Ihnen eine bessere Orientierung bieten.

***Lagos** besteht aus Vororten auf dem Festland, wie zum Beispiel Ikeja (Flughafen), Suru Lere, Yaba und Ebute Metta, der Halbinsel Apapa und den Inseln Lagos Island, Ikoyi Island und Victoria Island.*

*Die **Hauptinsel** mit den Regierungsgebäuden, alt eingesessenen Banken, Geschäften, Büros, Hauptmarkt Jankara ist Lagos Island. Diese Insel war durch zwei Brücken mit dem Festland verbunden.*

***Ikoyi Island**, die wir in der Umgangssprache nur Ikoyi nannten, lag hinter Lagos Island und war mit zwei Brücken verbunden. Hier befanden sich unser Bankgebäude, das Ikoyi Hotel und das Bacchus Restaurant.*

***Victoria Island**, südlich von Ikoyi Island, war nur mit einer Brücke mit Lagos Island verbunden. Während meiner Zeit war eine Brücke zwischen Ikoyi Island und*

Victoria Island im Bau. Hier befanden sich das Federal Palace Hotel, der Bar Beach und unsere Wohnungen.

Am Ende von Victoria Island war die Wellblechsiedlung ***Maroko.***

Der Hafen mit damals 16 Ankerplätzen war in ***Apapa.*** *Um dorthin von unserem Bankgebäude zu gelangen, musste man über Lagos Island zum Festland und dann nach Apapa fahren.*

Visum

Ich hatte bei der nigerianischen Botschaft in Bonn ein Besuchsvisum für eine Geschäftsreise nach Nigeria beantragt und erhalten. Mit diesem Visum bin ich dann auch eingereist und habe meine Tätigkeit begonnen. Für das Dauer-Visum mit Arbeitsgenehmigung musste ich ein neues Visum beantragen. Das Area Headquarter unserer Bank in London wollte sich darum kümmern, denn ich benötigte von der Bank eine Bescheinigung, dass ich die notwendigen Qualifikationen habe und kein Nigerianer diese Position ausfüllen konnte. Dazu brauchten die Londoner aber meinen Pass. Den brauchte ich jedoch, um wieder ausreisen zu können.

Zweiter Pass

Die Lösung war ein zweiter Pass. Also fuhr ich zur deutschen Botschaft in Lagos und stellte mich dort vor. Ich kam mir vor wie bei einem Staatsbesuch. Ich wurde in ein feudales Wohnzimmer gebeten, wo zwei Herren auf mich warteten. Nach der Begrüßung setzten wir uns alle auf sehr komfortable Sessel. Auf dem Couchtisch lagen Zigarettenpäckchen von verschiedenen deutschen Marken. Mir wurden Zigaretten angeboten, aber ich rauche nicht. Dann kamen Getränke und da sagte ich nicht nein. Ich erläuterte, was ich bisher in Lagos gemacht hatte und was die Bank hier vorhat. Obwohl ich bei einer amerikanischen Firma arbeitete, war das Interesse groß. Ich nahm damals an, dass man vielleicht Informationen für deutsche Banken sammelte. Als ich mein Problem mit dem Visum zur Sprache brachte, lachten die beiden Herren und sagten: „Sie brauchen einen zweiten Pass.“ „Ja, das würde die Sache wesentlich vereinfachen“, erwiderte ich. „Den zweiten Pass stellen wir Ihnen sofort aus. Wir brauchen dafür den bestehenden Pass, ein Passbild und sechs Naira.“

Ich wurde dann in den Evakuierungsplan eingewiesen. Wenn es notwendig würde, sollte ich mich an einer bestimmten Stelle einfinden. Von dort würden wir Deutschen dann in Sicherheit gebracht werden.

Ich wurde auch auf die Gästeliste gesetzt und bei Festen eingeladen. Und das alles wurde von den deutschen Steuerzahlern bezahlt. Ja, hier ist man schon ein großer Fisch aber im kleinen Teich.

Den zweiten Pass schickte ich dann nach London. Mitarbeiter der Bank besorgten mir von der Nigerian Embassy in London das neue Visum mit Arbeitsgenehmigung. So verließ ich Nigeria mit meinem ersten Pass, und holte mir meinen zweiten Pass beim Area Headquarter ab. Dort war man sehr zufrieden mit unseren Fortschritten in Lagos. Vor dem Rückflug musste ich noch einige Einkäufe erledigen. Diese waren nicht nur für mich, sondern auch für Kollegen, besonders kosmetische Artikel für Sulola.

Gericht

Während meiner Abwesenheit erhielten wir ein offizielles Schreiben irgendeiner Behörde. Darin stand, dass ein Vertreter unserer Firma zu einer bestimmten Zeit an einem bestimmten Tag in einem bestimmten Gerichtsgebäude zu erscheinen habe. Was war das denn? Warum werden wir ins Gericht bestellt? Ich fragte unseren Architekten, ob er eine Ahnung hätte, aber der hatte keine. Ich bat unseren Rechtsanwalt doch auch zu dieser Gerichtsverhandlung zu kommen und er sagte zu. Da ich nicht genau wusste, wo denn dieses Gericht war, ließ ich mich schon früh in diese Gegend fahren. Es war ein typisches Stadtviertel von Lagos Island, jedoch sah ich keine Büros oder besseren Geschäfte. Wir fanden das Gericht schnell und ich ging schon mal hinein. Vielleicht sagen die mir, worum es denn geht. Es gab zwar eine Tür, aber die Wände ringsum fehlten. Das ganze Haus wurde nur von 4 Eckpfeilern und einem Pfeiler in der Mitte des Raumes gehalten. Es gab einen erhöhten Schreibtisch, wohl für den Richter, und sonst jede Menge Stühle. Ich setzte mich und sah mir ein buntes Treiben an. Im Raum waren viele Hühner, die eifrig nach Nahrung suchten und viel Krach machten. Dann waren da einige Katzen, die auch auf Nahrungssuche waren. In den Ecken saßen Frauen, die Gemüse bearbeiteten und einige kochten auf offenem Feuer. In dem Gerichtsraum war es schattig und es wehte ein frischer Wind durch die nicht vorhandenen Wände. Die Zeit der Verhandlung rückte näher. Wo blieb denn bloß der Rechtsanwalt? Der Richter und weitere Personen mit grauen Perücken erschienen und da war auch mein

Rechtsanwalt. Er ging auf den Richter zu, tuschelte ein paar Worte, gab ihm einen weißen Umschlag und sagte zu mir: „Wir können jetzt gehen." Draußen fragte ich ihn, um was es denn eigentlich ging. „Ach, irgend so eine Bauverordnung, aber es ist alles geklärt." Er stieg in seinen Mercedes und fuhr davon. Ich suchte meinen Fahrer und wir fuhren dann in unserem Volkswagen in die Bank zurück.

Büromöbel

Die Möbelfrage erwies sich schwieriger als ich dachte. Es gab trotz der Tropenhölzer keine vernünftigen Büromöbel. Nach kurzer Lagebesprechung entschieden wir, die Zentrale in den USA einzuschalten. Ich machte eine Einkaufsliste mit einigen Reserven und bat um schnelle Lieferung. Als uns die Ankunft im Hafen nach etwa zwei Monaten avisiert wurde, war das wieder ein Fall für Sulola. Mit viel Naira Bargeld, in kleiner Stückelung ausgestattet, fuhr sie zum Hafen und engagierte dort eine Speditionsfirma. Das ist vielleicht etwas zu hoch gegriffen, sie engagierte einen Einmann-Unternehmer, der dort mit seinem klapprigen Lkw stand und auf Kundschaft hoffte. Er musste mehrmals die Strecke vom Hafen Apapa nach Ikoyi fahren. Sulola begleitete ihn jedes mal und sorgte dafür, dass jeder Schlagbaum sich in kurzer Zeit öffnete dank der Munition, die ich ihr gegeben hatte. Diese 'Spenden' addierten wir zu den lokalen Frachtkosten und wir verbuchten nur eine Gesamtsumme.

Einige Schreibtische waren während der langen Reise etwas beschädigt worden. Sulola besorgte einen lokalen Schreiner, der die Möbel wieder zurecht flickte. Man sah zwar noch die Flickstellen, aber ich war bereit dies zu akzeptieren, ohne groß unser Niveau zu senken. Die Anordnung in meinem Bereich ähnelte der einer Schule.

Qualifizierte Mitarbeiter

Wir ertranken fast in den Bewerbungen, die täglich bei uns abgegeben wurden. Aber ich benötigte Fachkräfte. Auch waren Kenntnisse der Dokumente zur Devisenbeantragung dringend nötig. Ich ging zur Zentralbank , die eine wichtige Rolle bei der Bereitstellung von Devisen, sprich US Dollar, Pound Sterling und Deutschmark spielte. Hier fand ich die Bewilligungsstelle, bei der ich mich und unsere neue Bank vorstellte. Dabei stieß ich auf reges Interesse.

Zwei Zentralbank-Mitarbeiter waren interessiert, für uns zu arbeiten. Das war ja super. Ich bat die Beiden in unsere Bank zu einem Interview zu kommen. Um es kurz zu machen, ich habe Beide zu einem attraktiven Gehalt mit einem günstigen Kredit für einen Autokauf zum nächsten Ersten eingestellt. Einer der Beiden bat mich, seinen ehemaligen Kollegen von dieser Einstellung nichts zu sagen. Damit hatte ich damals keine Probleme. Heute sehe ich das etwas anders. Sein Motiv war es, mit Devisenanträgen unserer Bank zu seinen Ex-Kollegen zu gehen und denen zu sagen: „Unterschreibe mal, habe ich schon überprüft". Das beschleunigte die Prozedur enorm und unser Kunde konnte wesentlicher schneller über die Devisen verfügen oder bei einem Akkreditiv konnten wir schneller zahlen. Unsere Bank und unsere Mitarbeiter bekamen dadurch einen guten Namen im Markt. Das ging eine ganze Weile so. Zur Akquisition von Kunden gaben wir die Devise aus 'testen sie uns doch mal'. Von einigen Neukunden erhielten wir Anträge, die von der Zentralbank abgelehnt worden waren. „Die meisten dieser Anträge kennen wir", sagte einer der neuen Mitarbeiter. „Die haben wir damals abgelehnt." „Und wie stehen die Chancen, die jetzt genehmigt zu bekommen?" fragte ich. „Lass das mal unsere Sorge sein." Die Zentralbank gab die Devisen frei. Unsere neuen Kunden waren glücklich. Wir machten ein Brainstorming um einen schlagkräftigen Slogan für unsere Bank nach außen hin publik zu machen. Es war kaum zu glauben, die meisten Stimmen bekam der Slogan „Die Bank, die keine Dokumente verliert“. Das beschreibt sehr gut die Situation in den Banken in Nigeria zu dieser Zeit. Wir wollten damit zum Ausdruck bringen, dass wir die Dokumente schnell und effizient bearbeiteten und bei Rückfragen keine Suchaktionen erforderlich waren.

Devisen von der Zentralbank

Unsere Kunden, die Waren aus dem Ausland importierten, besaßen den Gegenwert in Naira oder hatten eine Kreditlinie in Naira, mussten aber den Exporteuren Devisen, sprich US Dollar, Pound Sterling oder Deutschmark zahlen.

Die Zentralbank tauschte Naira gegen Devisen, wenn durch Dokumente nachgewiesen werden konnte, dass die Waren tatsächlich in Nigeria angekommen waren. Dabei war das wichtigste Dokument die 'Bill of Entry', also die Bescheinigung des

Hafenmeisters, dass bestimmte Waren mit einem bestimmten Gewicht von einem bestimmten Schiff in Lagos gelöscht worden waren.

Buchungsmaschine

Für unsere Buchhaltung war ich froh, dass die Zentrale bestimmte, eine NCR 32-Buchungsmaschine anzuschaffen. Inzwischen gab es schon weiterentwickelte Maschinen, doch die NCR 32 mit ihren Kontobögen kannte ich. Für dieses Klima mit Hitze und Luftfeuchtigkeit war das die richtige Entscheidung. Aus den vielen Bewerbungen identifizierte ich Kandidaten, die die notwendige Erfahrung hatten. Ein Buchhalter und ein Assistent waren schnell gefunden und eingestellt. Auf dem Organigramm setzte ich Sulola auch in die Buchhaltung, eben mit Sonderaufgaben.

Ich machte Sulola zur Vorgesetzten für unsere beiden Fahrer und für unsere drei Boten. Diese bekamen alle Uniformen von uns gestellt. Mit einer Schneiderin entwarf Sulola schicke maßgeschneiderte Uniformen in einem kräftigen Blau. Von der Zentrale bekamen wir die offiziellen Logos aus Stoff, die auf die Uniformen genäht wurden. Die uniformierte Spezialeinheit sah chic aus und konnte sich sehen lassen. Die Mitarbeiter waren sehr stolz auf ihr Outfit. Die Boten bekamen Mopeds oder Motorräder, um durch den Verkehr schneller voranzukommen. Da die Telefonleitung oft tot war, waren diese Flitzer unentbehrlich. Einmal kam ein Bote zurück und sagte, er konnte die Adresse nicht finden. Der Umschlag war dreckig, schon fast schwarz. Ich rief Sulola und erläuterte ihr das Problem mit dem schmutzigen Umschlag. Also ständig Händewaschen für unsere Boten und Fahrer. Sulola achtete jetzt sehr darauf, machte auch Stichproben. Ach was war es gut, eine Sulola zu haben.

Sekretärinnen

Ja, und dann benötigten wir Sekretärinnen. Wir brauchten nicht lange zu warten, denn auch hier waren unsere Direktoren wieder sehr aktiv. Sie stellten uns drei Damen vor, die alle in London studiert hatten. Wir entschieden uns für Adeola, die für meinen Boss arbeiten sollte und für Elke für meinen Bereich. Als dritte Sekretärin im Bunde stellten wir Jessica ein. Sie war dreifache Mutter , alles Jungen und alleinerziehend. Ihr Mann war gestorben. Sie würde für den Leiter unserer Kreditabteilung, ein Schwarz-Amerikaner, arbeiten. Nur steckte dieser in London fest und wartete auf sein Visum. Er hatte ein Arbeitsvisum beantragt, das doch seine Zeit zur Genehmigung benötigt. Hätte er lieber erst einmal ein Business Visum beantragt als Geschäftsreisender, so wie mein Boss und ich das gemacht hatten, dann wäre auch er hier bei uns. So hatte Jessica Zeit, die Mitarbeiter in der Kreditabteilung mit Korrespondenz und Ablage zu unterstützen.

Die Sekretärin für meinen Boss hatte in London studiert und war erst ein paar Monate zurück in Lagos. Sie hatte sofort eine Arbeit gefunden, doch ihr Vater meinte, der Bankjob wäre besser. Adeola war erst 22 Jahre alt, sie war mittelgroß und schlank. Mit ihrer ruhigen Art passte sie gut in unser neues Team.

Meine Sekretärin hieß Elke und war erst 20 Jahre alt. Den Namen konnte ich mir natürlich gut merken. Viele Nigerianer, besonders die, die in England studiert hatten, gaben sich einen westlichen Vornamen. Das war dann der Rufname unter Freunden. Jedoch in ihrem Fall waren die Dokumente alle auf Elke ausgestellt. Ihr Vater war Weißer und ihre Mutter war Nigerianerin. Als Mischling hatte sie eine attraktive Hautfarbe und war sehr hübsch. Sie war nicht allzu groß und sehr schlank. Sie trug immer moderne westliche Kleidung. Sie lebte bei einem Chief, der mir vertraulich sagte, dass Elke sich zu Hause langweilt und sie interessante Aufgaben braucht. „Das kann sie haben", antwortete ich und dachte dabei an all den Papierkram und die Ablagen, die angefallen waren. Auch übertrug ich ihr die Verantwortung für die Gehaltsabrechnungen. Ich hatte ein einfaches System mit dem Namen Kalamazoo gefunden, welches im Durchschlagverfahren, also mit Kohlepapier, den Gehaltsstreifen für den Mitarbeiter, die Aufstellung für das Finanzamt und das Journal für die Archivierung erstellte.

Lautlose Eröffnung der Bank

Die Eröffnung der Bank im Sommer 1974 war ein Non-Event, ein Tag wie jeder andere. Nur schmissen wir unsere schwere NCR 32-Buchungsmaschine zum ersten Mal an, um die anfänglichen Banktransaktionen zu buchen. Wir hatten unser Kapital von der Zentrale überwiesen bekommen und davon Rechnungen, inklusive der Mietzahlungen, beglichen. Einen Teil des Geldes legten wir erst einmal als kurzfristiges Termingeld bei einer Britischen Geschäftsbank an. Die Geschäftsräume waren fertiggestellt, Personal war eingestellt und unsere Banklizenz „Merchant Bank No. 001“ hing gerahmt im Empfangsbereich. Vor lauter Arbeit war mir damals nicht aufgefallen, dass wir keine offizielle Eröffnungsfeier hatten.

Ein paar Monate später eröffnete eine andere amerikanische Bank Ihre Tochtergesellschaft in Lagos. Hier wurde die Eröffnung offiziell im Federal Palace Hotel gefeiert.

Post

Eine meiner ersten Todsünden war die Bezahlung unseres Rechtsanwaltes mit einem Scheck über 5000 Naira, den ich per Post an seine Büroanschrift schickte. Zum Glück kam der Brief mit ein paar Tagen Verspätung unversehrt an. Dann erst hörten wir vom Rechtsanwalt, dass viele Sendungen abgefangen und die Namen der Begünstigten auf den Schecks abgeändert würden. Ab da verschickten wir nie mehr Schecks per Post.

Wir hatten mehrere Boten und so konnten wir in Zukunft auf die Dienste der nigerianischen Post für Sendungen innerhalb von Lagos gerne verzichten.

Telefon

Wir hatten zehn Telefonleitungen beantragt, bekamen aber nur eine einzige Amtsleitung für die gesamte Bank. Die Telefongesellschaft sagte, die Schaltung von einer Amtsleitung sei schon ein Entgegenkommen. Die Leitung endete, beziehungsweise begann in einer damals super modernen Telefonanlage. Sie war „state of the art". Einer unserer Direktoren zeigte ein großes Interesse an dieser Anlage. Er sagte: „Solch eine Anlage würde ich gerne auch in meinem Haus installieren lassen". „Warum so viele Nebenstellen?" fragte ich ihn. „Für meine Frauen, damit ich sie besser und schneller erreichen kann", antwortete er. Auch Kunden, die uns besuchten, waren von dem riesigen Switchboard beim Empfang ganz tief beeindruckt. Da unsere Dame am Empfang noch viel Zeit hatte, vereinbarte ich mit ihr ein Spielchen. Immer wenn ein Kunde sich im Wartebereich aufhielt, ging sie an das Telefon – tote Leitung – und sprach mit Hendrik oder einem Mitarbeiter von uns, nur simuliert, kein richtiges Gespräch fand statt. Sulola hatte eine Liste von den wichtigsten Leuten in Lagos zusammengestellt. So sagte die Empfangsdame: „Hendrik, sie möchten den Finanzminister sprechen, einen Moment bitte.“ Dann wählte sie eine Nummer und sagte: „Den Finanzminister persönlich, ja sofort, für Hendrik von der Merchant Bank.“ „Herr Finanzminister, ich verbinde.“ Aber als unsere Geschäfte liefen, haben wir dieses Spielchen eingestellt und der Empfangsdame Schreibarbeiten gegeben.

Unsere einzige Telefonleitung war aber nicht stabil. Oft war die Leitung tot und wir hatten keine Verbindung zur Außenwelt. Ich schickte dann Sulola los, um die Störung zu melden und um die Leitung wiederherzustellen. Sehr freundliche Mitarbeiter der Telefonfirma, die sich in der Nähe unserer Bank aufhielten und an den Oberleitungen zu arbeiten schienen, versprachen eine schnelle Reparatur. Die Leitung ging wieder und „Dash“ an die freundlichen Leute wurde von Sulola gezahlt. Als wenige Tage später die Leitung wieder tot war und dieselben freundlichen Arbeiter wieder an den Oberleitungen hantierten, hatte ich den Verdacht, dass diese Leute wieder auf einen „Dash“ aus waren. Sulola hatte nun die Aufgabe, diese Arbeiter so anzuschreien, dass wenn unsere Leitung nicht sofort wieder funktioniert, sie dafür sorgen würde, dass sie alle ihren Job verlieren. Sie sagte, der Chef der Telefonfirma ist ein guter Freund von ihr und da genüge nur ein Wort. Ab da war die Leitung funktionsfähig und wir hatten Ruhe.

Dash

Die Briten hatten dieses Wort während der Kolonialzeit benutzt, um Nigerianer zu beauftragen, etwas schnell zu besorgen. Dafür zahlten sie paar Münzen. Das Wort hat sich gehalten und zu meiner Zeit bedeutete es nichts anderes als ein Trinkgeld oder ein Bestechungsgeld oder eine 'Spende', man nimmt das nicht so genau.

Betrug – was nun?

Meine erste Herausforderung in Sachen Betrug kam bei der Kostenabrechnung von Ben, einer unserer Boten. Die Boten bekamen einen kleine Bargeldbetrag, damit sie tanken und einige Besorgungen machen konnten. Nach Möglichkeit sollten sie Quittungen anfordern und dann periodisch die Kosten abrechnen. Bei solch einer Abrechnung fiel mir auf, dass der Preis für eine Dose Motoröl für sein Fahrzeug sich erhöht hatte. Ich holte die alte Kostenabrechnung hervor und verglich die beiden Quittungen. Da merkte ich, dass auf dem neuen Beleg der Betrag abgeändert worden war. Es ging nur um zwei Naira, aber Betrug ist Betrug. Der Bote tat zuerst ganz überrascht, hatte aber keine Erklärung. Laut der Richtlinie unserer Bank hätte ich ihn sofort entlassen müssen. Dann wäre der nächste Bote gekommen und auch der hätte versucht, ein paar Naira zu erschwindeln und den hätte ich dann auch gekündigt und so weiter und so weiter. So aber habe ich mir den jungen Mann, der nur etwas jünger als ich war, zur Brust genommen und mit ihm ein ernstes Gespräch geführt. „Ben, willst Du immer nur Bote sein und mit kleineren Betrügereien dein Gehalt aufbessern? Oder willst Du Karriere machen, mal an einem Schreibtisch sitzen und Boten managen und ein gutes Gehalt nach Hause bringen?" Die Antwort war bei so einer Fragestellung keine Überraschung. „Das würde ich gerne machen, Master." Wir vereinbarten, den Beleg wieder auf die alte Summe abzuändern, den Differenzbetrag zurückzugeben und nie wieder die Belege zu fälschen und über unsere Unterredung Stillschweigen allen gegenüber zu wahren.

Etwa ein Jahr später wurde er zum Oberboten befördert. In einer kurzen Rede bedankte er sich bei mir für die Chance, die ich ihm damals gegeben hatte. Mein Chef fragte mich: „Was war denn damals los?" „Ich kann mich nicht mehr erinnern."

Telex

Eine Telexverbindung war ein absolutes Muss für unseren Bankbetrieb. So war ich geschockt, als man uns mitteilte, mit einem Telex-Anschluss sei in den nächsten Jahren nicht zu rechnen.

Man konnte Telexnachrichten bei einer bestimmten Stelle in der Post abgeben. Nur hörte ich von anderen Ausländern, dass viele Nachrichten nicht ankommen würden. Und dann war die Frage, wie empfangen wir Telex Nachrichten? Ich beschloss, zu der bestimmten Stelle in der Post zu gehen und mehr über die Abwicklung von Telexen zu erfahren. Ich nahm eine unwichtige Telex-Nachricht mit. Nachdem ich schön die Warteschlange hinter mich gebracht und das Telex mit der Gebührenzahlung abgegeben hatte, fragte ich: „Was passiert denn jetzt mit meinem Telex?" „So etwas hat uns noch keiner gefragt, aber kommen sie mit, ich zeige es ihnen."

Ich durfte hinter den Tresen gehen und wurde dem Supervisor vorgestellt. Der war erst etwas verdutzt, mich hier vorzufinden, aber nach der Übergabe einer Flasche Whisky verstanden wir uns blendend. „Ich muss alle Telexe kontrollieren und abzeichnen. Ihr Telex geht sofort durch, alle anderen sollen warten, ich mache jetzt Pause." Wir diskutierten über seinen Job, den ich ihm gegenüber als recht schwer und verantwortungsvoll bezeichnete. „Endlich versteht mich mal einer", war darauf seine Reaktion. Er öffnete eine Schublade mit vielen, vielen Briefen. „Dies sind alles Beschwerden, auch in der anderen Schublade." „Aber das schaffen Sie doch gar nicht, diese alle zu recherchieren und zu beantworten." „Sag ich ja. Keine Zeit und keine Leute." „Und was passiert nun mit all diesen Briefen?" „Jeden Tag stecke ich einige in den Reizwolf, aber dann kommen immer wieder neue Briefe." „Ein Teufelskreis", stimmt ich ihm zu. „Ach es ist schön, mit Jemandem zu reden, der mich versteht." Ich hatte genug gesehen und gehört. Keine Telexe mehr an die Post und Reklamationen waren vergeudete Zeit.

Zurück in der Bank rief ich eine dringende Sitzung ein. „Wir haben ein Problem", begann ich. „Ohne Telex können wir keine Import-Finanzierung machen. Wer hat da eine Idee, wie wir an eine Telexmaschine herankommen können?" Hendrik meinte, wir sollten unsere nigerianischen Direktoren einschalten. Da kamen zunächst einmal die beiden Direktoren aus Lagos in Betracht. Einer der beiden sagte, er hätte eine Telexmaschine, aber die steht im Büro der Schwester Oberin in seinem Krankenhaus. Er würde mal mit ihr reden. Kurze Zeit später rief er an, zum Glück war unsere Telefonleitung gerade frei, und sagte, wir könnten sein Telexgerät benutzen und sollten Einzelheiten mit der Schwester Oberin abstimmen. Der Zugriff auf die Telexmaschine im Krankenhaus war Gold wert. Aber es war schon komisch, diesen Arbeitsplatz in einem Krankenhaus zu haben. Mir wurde gesagt, dass dies einer der besten Krankenhäuser in Lagos sei. Wie mag es da wohl bei den weniger guten ausgesehen haben? Hier waren alle Flure überfüllt mit Kranken, deren Familien, Marktfrauen mit Kleinkindern auf dem Rücken gebunden, schriller Lärm von Unterhaltungen und Radio. Auch der Straßenlärm drang tief in das Krankenhaus ein. Ich einigte mich mit der Schwester Oberin, dass wir ab 16 Uhr ihr Büro mitbenutzen konnten und in dringenden Fällen auch tagsüber kommen durften, was dann eventuell mit etwas Wartezeit verbunden war. Bestimmt war es ihr nicht

Recht, uns als Eindringlinge zu haben, aber ihr Chef hatte entschieden und da hieß es gute Miene zu machen. Wir erzählten ihr auch, wie die Geschäfte liefen, wenn sie nicht gerade einen Besucher hatte.

Wir wiesen alle Filialen an, Nachrichten für uns nach London zu schicken. Sobald wir ab 16 Uhr die Leitung nach London geöffnet hatten, schickten die Kollegen in London alle Telexe, die London selbst kreiert hatte und natürlich auch diejenigen, die von den Filialen gekommen waren. Dann schickten wir unsere Nachrichten los und London nahm die Weiterleitung vor. Das spielte sich schnell ein und wurde zur Routine. Nur hatten wir den Nachteil, dass wir auf Anfragen erst am folgenden Werktag um 16 Uhr antworteten. So las ich die hereinkommenden Nachrichten alle durch und soweit es ging, beantwortete ich diese schon vom Krankenhaus aus. Zum Beispiel wurde viel angefragt: „Wie steht es um die Zahlung des Exports von xy-Waren unter Eurem Akkreditiv Nr..., versandt am (Datum) mit dem Schiff (Name)?“ Am Anfang kannte ich fast jedes Geschäft und so antwortete ich noch am selben Tag: „Das Schiff (Name) ist eines von 30 Schiffen, welches auf einen der 16 Ankerplätze im Hafen wartet. Sobald die Ware gelöscht und die bill of entry erstellt ist, werden wir bei der Zentralbank den Währungsbetrag beantragen. Das kann dann nochmals 5 Werktage dauern."

Tagesgeschäft im Geldhandel

Um mein Tagesgeschäft im Geldhandel durchführen zu können, fing ich schon früh an, die Liquiditätsposition für den Tag zu berechnen. Wenn ich zum Beispiel 5 Millionen Naira im Minus war, dann wusste ich, dass wenn ich nichts unternehme, unser Konto bei der Zentralbank mit 5 Millionen Naira überzogen sein würde. Überziehungen waren aber nicht erlaubt. Also musste ich mir das Geld von einer nigerianischen Bank für 1 Tag oder 1 Woche leihen. Um an dieses Geld zu kommen, hatte ich alle lokalen Banken aufgesucht und von uns erzählt: Handelsbank mit Lizenz Nr. 001, Management europäisch und amerikanisch mit bedeutenden nigerianischen Direktoren. Die Bank, die keine Dokumente verliert. Da die nigerianischen Banken über große Geldreserven verfügten und sie diese nicht risikoreich investieren wollten, kamen wir da gerade recht. Zum Glück waren wir die erste ausländische Handelsbank in Nigeria. Um meine Gesprächspartner bei guter

Laune zu halten, lud ich sie nacheinander zum Mittagessen ein. Sie durften sich aussuchen, wo sie gerne speisen möchten. Ich schickte einen Wagen, um meistens zwei Mitarbeiter abzuholen, zeigte ihnen unsere Bank und dann ging es in ein lokales Restaurant. Ich brachte auch einen meiner nigerianischen Mitarbeiter mit, um die Atmosphäre aufzulockern. Und worüber sprachen wir? Über die Volkswirtschaft in Nigeria und den Ausblick auf das Zinsniveau? Weit gefehlt. Wir redeten und lachten über die Fernsehsendung „Der Dorfschullehrer" (The village headmaster). Ich musste mir also ab sofort einige Folgen dieser Fernsehserie anschauen, um auch mitreden zu können. Das Essen war immer geschmackvoll. Das Konzept mit den lokalen Banken ging gut auf. Ich konnte bis zum letzten Tag warten, unsere Position einzudecken, die Liquidität war immer da. Als die nächsten Auslandsbanken ins Land kamen, bot ich ihnen Tagesgeld und kurzfristiges Termingeld an, welches ich dann billiger bei den lokalen Banken eindecken konnte.Und es machte richtig Spaß, auch mit diesen Geschäften Geld zu verdienen. Natürlich mussten die Mittagessen eine feste Einrichtung bleiben und ab und zu war auch eine Flasche Black Label fällig. Ein Mitarbeiter einer lokalen Bank erzählte mir ganz stolz, dass er mal zusammengestellt hat, was wir bisher an Zinsen an seine Bank gezahlt hatten. Diese Summe hat er seinem Vorgesetzten gemeldet und dafür eine Beförderung erhalten.

Aufgrund unserer Telefonleitungsprobleme wollte ich kein Zeitrisiko eingehen. Ich schickte 2 Boten mit jeweils 2 Umschlägen aus. In allen Umschlägen war die gleiche Nachricht: brauche heute 4 Millionen Naira, gib mir bitte Eure Zinssätze für Tagesgeld und Wochengeld. Wenn dann beide Boten zurück waren und ich die 4 Antworten gelesen hatte, bekam der Günstigste den Zuschlag. Wenn das Wochengeld auch günstig war und in meine Disposition passte, nahm ich auch dieses. Also wieder 4 Umschläge mit Zusagen und Absagen und schon stürzten sich die Boten wieder in den chaotischen Lagos- Verkehr.

Die Überweisungen der lokalen Banken auf unser Zentralbankkonto kamen immer vor Buchungsschluss an. Die Mitarbeiter der Zentralbank waren ganz baff, wie wir fast jeden Tag in der letzten Stunde unser Konto ausgleichen konnten. Sie befragten meine Kollegen und diese antworteten, dies ist das Geheimnis der Bank, die keine Dokumente verliert. Wir verschwenden kein Geld, sondern lassen jeden Naira für uns arbeiten. Nur ein einziges Mal schaffte der Handelspartner den Betrag nicht rechtzeitig an. Zum Glück waren es nur 100.000 Naira und wie das Schicksal es so will, unser Schlusssaldo an diesem Tag war etwa 2.000 Naira im Haben. Mein Boss Hendrik, dem ich die Nichtanschaffung gebeichtet hatte, meinte daraufhin: „Warum hast Du denn 100.000 Naira aufgenommen, Du hattest doch genug?“ Aber das war natürlich nur ein Scherz, der holländische Humor? So genau konnte man das Zentralbankkonto nicht disponieren, da darüber ja fast alle unsere Transaktionen liefen. Hendrik sagte mir, dass er zum Glück diesen Geldhandel mit dem täglichen Stress, ob das Geld auch eingeht, nicht selbst zu machen brauchte.

Auch suchte ich längerfristige Einlagen. Um das stetig steigende Kreditgeschäft zu refinanzieren, besuchte ich Britische und Amerikanische Versicherungsgesellschaften, die an Geldplatzierungen an uns interessiert waren und auch Geschäfte mit uns machten.

Mit wachsendem Volumen der Devisenanträge, bei denen die Naira Beträge vom Kunden sofort an uns gezahlt werden mussten, hatten wir weitere Liquidität zur Verfügung. Wir mussten erst bei Devisenfreigabe, in der Regel 1 bis 2 Wochen später, den Naira Betrag an die Zentralbank zahlen.

Doppeltes Gehalt

Einer von unserer Teaboy-Truppe war für das Servieren von Tee und Kaffee an Mitarbeiter und Kunden verantwortlich. Für die Sauberhaltung unseres Gebäudes, innen und auch außen, war er ebenfalls zuständig. Er kam aufgelöst in mein Büro. Gestern war Zahltag, immer nur in Cash. Er erzählte mir, dass er gestern Abend auf dem Nachhauseweg beim Einstieg in den Bus in ein Geschubse geraten war. Zu Hause hatte er festgestellt, dass sein ganzes Monatsgehalt weg war. „Was soll ich jetzt machen, Master? Meine Frau und mein Kind brauchen Essen." Ich bat Elke mir die Kopie seiner Gehaltsabrechnung zu bringen. Das Monatsgehalt belief sich auf 70 Naira. Ich entnahm 70 Naira der Portokasse und gab sie ihm. „Dies ist das erste und das letzte mal, dass ich Dir Dein Gehalt zweimal zahle. Du musst besser auf Dein Geld aufpassen." Er war überglücklich und erzählte allen, was ihm widerfahren war. Ich sprach dann auch kurz zu meinen Mitarbeitern, dass dies eine einmalige Angelegenheit sei. Künftig werden keine Nachzahlungen mehr vorgenommen.

Endlich ein Zuhause

Wir erhielten die Nachricht, dass die Wohnungen in unserem Apartment-Haus bezugsfertig waren. Hendrik informierte seine Frau Charlotte, die mit dem fünfjährigen Sohn Dirk sofort von der Wohnung in Holland nach Lagos übersiedelte. Hendrik und Charlotte hatten auch zwei Töchter, die auf ein Internat in England gingen und in den Sommerferien dann ebenfalls nach Lagos kamen. Zusammen mit Sulola kaufte Charlotte Möbel für ihr Penthouse und für mein Apartment. Das klappte alles sehr schnell und so konnten wir endlich in unser neues Zuhause ziehen. Sulola organisierte auch Personal für Hendrik und Charlotte, einen Koch, der bei einer Botschaft gearbeitet hatte und einen Hausboy. Ich sagte Sulola, ich bräuchte nur einen Hausboy, der aber auch kochen kann. Sie stellte mir Michael vor, ein Ibo mit rötlichen Haaren, groß und kräftig. Rötliche Haare gab es auch bei den Schwarz-Afrikanern, aber das war wirklich die Ausnahme. Er war Mitte Zwanzig und verheiratet, doch seine Frau war in seinem Dorf geblieben. Vielleicht würde sie jetzt nachkommen. Seine Ausbildung hatte er von europäischen Nonnen erhalten, was auch europäisches Essen beinhaltete. Er nahm seinen neuen Job dankend an und zog sofort in die Boy-Quarters. Diese waren auf dem Grundstück etwas versteckt gebaut worden, um den Gesamteindruck und die Zufahrt des Gebäudes exklusiv zu halten. Ich hatte eine schöne große Wohnung mit 2 Schlafzimmern, einer großen Küche und einem herrlichen Wohnzimmer mit großem Balkon. Das Haus war direkt ans Wasser gebaut worden und so konnte ich vom Balkon aus die vielen Schiffe, die zum oder vom Hafen fuhren, genau beobachten. Am Horizont waren mehrere Dörfer und hunderte von Palmen. Hier konnte man es aushalten.

Ich bat Sulola, mir einen Fernsehapparat für meine Wohnung zu besorgen. Sie fuhr zu dem Jankara Markt auf Lagos Island, wo es praktisch alles gab. Freudestrahlend kehrte sie mit einem original verpackten Karton zurück. „Der war ganz preiswert und ist sogar in Farbe", sagte sie. Ich fragte: „Was, gibt es denn schon Farbfernsehen hier in Nigeria?" Sie antwortete: „Nein, aber wenn es kommt, dann kannst Du in Farbe empfangen." Auf dem Karton stand auch groß Colour drauf, aber dahinter stand grey. Damit war die Farbe des Gehäuses gemeint, also kein Farbfernseher!

Mein Fernseher war selten an. Natürlich musste ich die Serie „The Village Head Master“ sehen. Sonst schaute ich nur Fußballspiele der englischen Liga an, die aber schon einige Wochen alt waren. Leider gab es damals noch keine Videokassetten oder DVD. Fußball war sehr populär in Nigeria. Als die deutsche Fußball-Nationalmannschaft während meiner Zeit in Lagos ein Freundschaftsspiel gegen die nigerianische Fußball-Nationalmannschaft bestritt, war das National Stadion sehr gut besucht. Einzelne deutsche Fahnen konnte ich auf der Haupttribüne entdecken. Die Nigerianer sind sehr emotional und freuten sich über jede gute Aktion ihrer Mannschaft.

Michael, der Hausboy

Michael war ein guter Koch und kaufte Lebensmittel in Supermärkten für Ausländer ein. Das war teuer, aber dafür bekamen wir ja eine Teuerungszulage mit unserem Gehalt. Wir hatten uns riesige Kühlschränke und Gefrierschränke angeschafft, die nicht nur das Bier kühlten. Leider gab es immer wieder Stromausfälle. Die Stromgesellschaft NEPA, National Electric Power Authority, wurde bei uns Ausländern als 'No Electric Power Again' bezeichnet. Wir alle hatten jede Menge 'Akkus' in den Kühlgeräten, die bei Stromausfällen für Kälte sorgten.

Einmal bat ich Michael, etwas Nigerianisches zu kochen. Dazu hatte ich auch meinen Chef Hendrik und seine Gattin Charlotte eingeladen. Michael nannte uns auch die jeweiligen Namen der Gerichte, die ich aber vergessen habe. Die meisten Namen waren Doppelnamen wie fu-fu. Michael gab sich große Mühe und es schmeckte auch für unsere Begriffe okay. Yam-Brei ist mal interessant zu essen, aber einmal reicht. Ich esse sonst keine Bananen, aber die kleinen lokalen Bananen habe ich mit Genuss verspeist. Die Gerichte waren nicht scharf. Aber vielleicht hatte Michael weniger Gewürze benutzt, um kein Risiko bei uns einzugehen.

Endspiel um die Fußball-Weltmeisterschaft

Einen spannenden Fußballnachmittag verbrachten Hendrik und ich auf dem Balkon des Penthauses. Es war das Endspiel um die Fußball-Weltmeisterschaft 1974 in Deutschland. Dank Kurzwelle konnten wir das Spiel live in englischer Sprache verfolgen. Da mein Chef Holländer ist und Deutschland und Holland im Endspiel waren, wurde die Partie besonders reizvoll. Hendrik wollte eine Wette eingehen, doch ich bin kein Glücksspieler. So einigten wir uns auf einen Einsatz von 1 Naira. Ich hatte mein Bierglas noch nicht ganz mit Star-Bier gefüllt, da stand es schon 1 : 0 für Holland. Zum Schluss aber wurde Deutschland Weltmeister und ich war um einen Naira reicher.

Brüder

Es war ein Samstagmorgen, als unser Vertrauter Jeff zusammen mit einem Kunden erschien. Hendrik war auf Heimaturlaub und so hielt ich die Stellung bis Samstagmittag, dem Beginn des Wochenendes. Den Kunden kannte ich, obwohl er juristisch gesehen nur ein halber Kunde war. Mit seinem Bruder hatte er für das gemeinsame Speditionsgeschäft einen Kreditrahmen. Da die beiden Brüder sich nicht gegenseitig trauten, hatten sie gemeinsame Verfügungsberechtigung angeordnet. Der anwesende Bruder erzählte mir, dass er einen tollen Lastwagen gefunden hat, der recht preisgünstig ist und er wollte ihn im Rahmen der Kreditlinie der Brüder kaufen. Wenn ich schon toll höre, dann läuten bei mir alle Alarmglocken. „Aber Sie wissen doch, dass Sie nur gemeinsam mit Ihrem Bruder über den Kreditrahmen verfügen dürfen." „Ja, natürlich, aber mein Bruder ist im Lande unterwegs und ich kann ihn nicht erreichen." Wir hatten zwar eine Telefonleitung, die ich benutzen konnte, wenn ich allen anderen Mitarbeitern sagen würde, nicht zu telefonieren. Aber wo dieser abwesende Bruder genau war, wusste der anwesende Bruder nicht. Was tun? Wenn ich jetzt sage „Sorry", habe ich juristisch richtig gehandelt, habe aber einen unglücklichen (halben) Kunden. Jeff würde sein Gesicht verlieren, da er extra mitgekommen war, um dem Mann zu helfen. Wenn ich jetzt sage: „Geht in Ordnung" und unterschreibe einen Scheck, dann kann der andere Bruder kommen und den Kredit annullieren und die Bank wäre dann um einen Lastwagen reicher. Den konnte man dann mit Verlust verkaufen, wie würde ich das nur der Zentrale gegenüber rechtfertigen? Oder wir vermieten den Lkw an Kunden zur Auslieferung von deren importierten Waren. Quatsch, hier musste eine Entscheidung her. Als ich dann erfuhr, dass der Lkw kein deutsches Fabrikat war, kamen mir wieder Bedenken. „Jeff, was meinst Du?" fragte ich. Jeff war natürlich für die Auszahlung , sonst wäre er ja nicht hier. „Also schön, wie hoch ist die Kaufsumme?" Mit diesen Worten gab ich meine Zustimmung bekannt.

Ein paar Tage später kehrte der andere Bruder zurück und war gar nicht glücklich über den neuen Klapperkasten. Er machte aber die Bank nicht verantwortlich und wickelte weiterhin mit uns einige Geschäfte ab.

Sammy und Joana treffen ein

Nach langem Warten in London auf die Visen trafen nun auch Sammy, der Leiter unserer Kreditabteilung, mit seiner Frau Joana ein. Nun war das Executive Management komplett.

Sammy war ein Afro-Amerikaner und sofort beliebt bei den Mitarbeitern. Die Begrüßung in der Bank war herzlich und Sammy klatschte jedem auf die Hände und nannte sie alle Brüder und Schwestern. Sammy war nicht allzu groß, untersetzt und immer guter Laune. Seine zierliche Frau war etwas zurückhaltend. Später erzählte mir Sammy, dass die Beiden getrennt gelebt hatten und dieser Afrikatrip eine Chance bot, doch wieder zusammen zu kommen. Das Haus Plot 831 war inzwischen auch bezugsfertig und brauchte nur noch Möbel. Die waren dank Sulola schnell besorgt und so hatten wir alle eine neue Heimat fern der Heimat. Joana lebte sich auch schnell ein. Sie war eine gute Sängerin und immer wenn ich zu Besuch kam, sang sie mit lauter Stimme. „Ain't no mountain high enough.“ Dieses Lied, von ihr gesungen, habe ich immer noch im Ohr.

Leider wurde Sammy schon nach kurzer Zeit zu einem dringenden Gespräch in der Zentrale in den USA bestellt. Er kam dann nur kurz zurück, um zu packen und mit seiner Frau wieder zurückzufliegen. Offiziell hieß es, es wären da Probleme im Zusammenhang mit seinem früheren Arbeitsgebiet aufgetaucht. Dann hieß es, Sammy hätte die Bank verlassen.

Nachfolger gesucht

Die Zentrale fand schnell einen Nachfolger. Er hieß Walter, war Amerikaner, und kam mit seiner deutschen Frau Inge. Die Beiden reisten zunächst auf Business Visa und Walter nahm seine Arbeit sofort auf. Sie wohnten in dem Haus Plot 831 und waren glücklich, direkt einziehen zu können. Viele persönliche Sachen wie Bücher, Schallplatten, Spiele, Bilder ließen sie sich nach Lagos schicken und lebten somit in einer vertrauten Atmosphäre.

Jeden Abend, nachdem ich den Telexverkehr im Büro der Schwester Oberin abgeschlossen hatte, brachte ich die Korrespondenz zu ihm nach Hause. Da er sehr ehrgeizig war, ging er die Nachrichten noch am selben Abend durch und überlegte sich schon die Antworten. Nach ein paar Tagen wurde es seiner Frau Inge zu bunt und sie sagte mir, ich sollte keine Telexe mehr in ihr Haus bringen. Das hätte doch bis zum nächsten Morgen Zeit. Walter war in Ordnung, vielleicht ein wenig zu ernst. Eine seiner Leidenschaften waren Spiele. Sein Lieblingsspiel war Acquire, was er aus Amerika mitgebracht hatte. Auch hier war er sehr ernst, freute sich aber kindisch über neue Hotelketten und Fusionen, die er kreiert hatte. Das Spiel war auch gut und ich habe es mir bei einem späteren Besuch in Amerika gekauft. Heute ist der Karton schon sehr vergilbt, aber ich spiele es immer noch mit Freunden.

Walter war sehr aktiv auf der Kreditseite und vergab nach Genehmigung durch die Zentrale eine Reihe von Krediten. Da war ich gefordert, für die Refinanzierung zu sorgen.

Bankgeschäfte

Wir sollten ja für die Bank Geld verdienen und dazu gehörte auch, dass wir Kredite vergaben. Zunächst engagierten wir uns im kurzfristigen Bereich, wie die Importfinanzierung für alle leicht zu verkaufenden Waren. Auch vergaben wir Kredite an Mandanten unseres Rechtsanwaltes. Bei der Besicherung kam es dann vor, dass man uns nicht die Title Deeds (Grundstücksbesitz-Zertifikate) einreichte, die im Kreditvertrag mit Wertgutachten aufgeführt waren. Aber eine Bank, die keine Dokumente verliert, merkt natürlich so etwas sofort. Da die verhandelten Title Deeds nicht auffindbar waren, wurden andere genommen und der Kreditvertrag wurde abgeändert. Aber vorher musste ein Mitarbeiter der Kreditabteilung zu dem neuen Land herausfahren und unsere Kreditsicherheit begutachten. Als bei der Besichtigung zusammen mit dem Eigentümer eine riesige giftige Schlange auftauchte, gab unser Kunde den Befehl, die Schlange zu töten und auf seinen Schreibtisch zu legen. Er hatte bei seinem Personal auch zwei deutsche Mitarbeiter, die mich an einen Wildwest-Film erinnerten. In ihren Cowboy-Outfits kamen sie zu diesem Landstreifen, schwärmten aus und spürten die Schlange auf. Mehrere Schüsse waren notwendig, die Schlange zu töten. Wie befohlen, schleppen Sie das etwa zwei Meter lange tote Tier ins Büro und platzierten es wie eine Spirale auf den Schreibtisch des Chefs.

Hoher Zentralbank Besuch

Der Chef der nigerianischen Zentralbank besuchte uns eines Tages. Hendrik kannte ihn schon von der Besprechung über die Lizenzvergabe des Finanzministeriums, aber ich hatte ihn bisher nur auf Fotos gesehen. Er war sehr angetan von unseren Geschäftsräumen und der Ordnung, die überall herrschte. Ich wusste ja, wie es bei den lokalen Banken aussah. Wir besprachen die Zuteilung von Staatsanleihen und baten um Überlassung von Jahrespapieren, die auch einen höheren Zinssatz als die kurzfristigen Papiere zahlten. Wir betonten, dass es in unserer Bilanz gut aussähe, wenn wir mehr Staatspapiere im Bestand hätten. Der Zentralbankchef versprach, die Sache zu prüfen und innerhalb weniger Tage bekamen wir die Papiere zugeteilt. Auch dies brachte wieder eine Zinsmarge für unsere Gewinnrechnung.

Wie heißt Du? Wer bist Du?

Ein hoher Staatsbeamter ging zu seiner lokalen Geschäftsbank und wurde so schlecht bedient, dass er den Angestellten nach seinem Namen und seinem Titel fragte. Da dieser aber diese Informationen nicht preisgeben wollte, rastete der Staatsbeamte aus und rannte aus der Bank. In seinem Ministerium angekommen, gab er sofort den Befehl, dass jeder Bankmitarbeiter, der Kundenkontakt hat, ein Namens- und Titelschild gut sichtbar auf seinem Schreibtisch aufzustellen hat. Das galt dann auch für uns. Als Merchant Bank, die keine Dokument verliert, musste natürlich etwas Besonderes her. Ich ließ diese Schilder aus Messing mit schwarzer Eingravierung auf einen Dreikantholzblock, mit rutschfester Gummierung anfertigen. Da ich bald Heimaturlaub hatte, gab ich den Auftrag an unsere Filiale in Düsseldorf und sagte den Mitarbeitern, an welchem Datum ich die Blöcke abholen würde. Wir stimmten die Vor- und Nachnamen mehrmals per Telex ab, da die nigerianischen Namen in Deutschland recht ungewöhnlich waren. Die Titel, nach den Richtlinien der Zentrale, waren in Englisch.

Laufkundschaft

Viele Geschäfte wanderten so einfach durch die Tür herein. Es war der amerikanische Name unserer Bank, der Geschäftsleute anzog. Sie waren aber keine Gentlemen mit Nadelstreifen. Die meisten von ihnen waren Cowboys, die hofften, hier in Nigeria die schnellen Dollars zu machen. Alle hatten amerikanische oder europäische Produkte, die sie in Nigeria verkaufen wollten. Die meisten von ihnen brauchten keinen Kredit, jedoch eine Bank, die ihnen die Naira in harte Währung via Nigerianische Zentralbank tauschen konnte. Wir wurden auch gebeten, bei der Suche nach potentiellen Abnehmern behilflich zu sein, was wir aber ablehnten. Das Spektrum der Angebote reichte von einer ganzen Flotte von Sportflugzeugen bis hin zu Chemietoiletten. Es war die Zeit der Weltwirtschaftsrezession und man meinte, in Nigeria brummt die Wirtschaft dank der Ölförderung und der damit verbundenen Deviseneinnahmen seitens der Regierung.

Oft kamen diese Geschäftsleute zu uns, um sich vor dem nächsten Termin in klimatisierter Umgebung etwas auszuruhen. Unsere Teaboys boten ihnen immer Kaffee oder Tee an.

Der Grieche

Einer dieser Geschäftsleute war ein Grieche aus Zypern, der im Auftrage eines mächtigen griechischen Familienunternehmens Geschäfte in Nigeria abschloss. Sein Hauptprodukt waren Eisenstangen für die Bauindustrie. Er brauchte keinen Kredit, nur eine Bank, die ihm schnellstmöglich die Devisen für seine Exporte nach Nigeria beschaffen konnte. Als Bank, die keine Dokumente verliert, hatten wir auch den Ruf, dass bei uns alles schnell und reibungslos abgewickelt wird. Die ersten Devisenüberweisungen liefen reibungslos. Der Zypern-Grieche lud mich an einem Sonntag zum Essen ein. Wir fuhren zum Mainland Hotel auf dem Festland im Stadtteil Ebute Metta, welches ein griechisches Brunch Buffet anbot. Wir packten uns die Teller so voll, bis absolut nichts mehr darauf passte. Der Geschäftsmann hatte viel zu erzählen und ich fand seine Erlebnisse recht abenteuerlich.

Er lud mich auch einmal abends zum Essen ins Restaurant Bacchus an der Awolowo Road in Ikoyi. Gleichzeitig hatte er einige seiner Geschäftspartner eingeladen und stellte mich als seinen Banker vor. Ich war sehr amüsiert darüber. Ich, der junge Bankkaufmann, war zum persönlichen Banker eines Geschäftsmannes ernannt worden. Aber so langsam läuteten die Alarmglocken und ich musste mich bei Einladungen zurückhalten.

Indisches Handelshaus

Hätte ich mich doch nur bei Einladungen zurückgehalten. Eine indische Firma, die unter anderem Bier in Dosen aus Europa importierte, lud mich einmal zum Abendessen ein. Sie hofierten mich, was mir sehr peinlich war. Am folgenden Tag kamen sie in die Bank und erwarteten von mir, dass ich nur für sie da war und alles schnell, schnell erledigte. Da wurde ich sauer und sagte ihnen: „Ihr habt mich mit dem Abendessen nicht gekauft. Wenn gestern Abend die Rechnung zu hoch war, so zahle ich gerne meinen Anteil." Die Dokumente, die sie einreichten machten mich stutzig. Der Bierpreis vor Frachtkosten war viel zu hoch. Sie importierten die Ware auch nicht direkt von der Brauerei, sondern von einer Gesellschaft, die der indischen Familie gehörte. Das bedeutete, die Familie in Europa kaufte Bier von der Brauerei, sagen wir mal für 30 Pfennig die Dose. Dann wird das Bier weiterverkauft nach Nigeria für 1 Deutsche Mark pro Dose. Dazu kommen noch die

Fracht und Versicherungskosten von 5 Pfennig. So zahlt dann die indische Firma in Lagos 1,05 Deutche Mark für eine Dose. Das sind umgerechnet 0,28 Naira. Der Dosenbier Preis lag bei 0,20 Naira, aber durch Lieferengpässe kann man das Bier auch über die Marktfrauen zu 0,28 Naira verkaufen. Also machte man den Profit nicht in Nigeria, hier verkaufte man die Ware zum Importpreis, sondern in Europa. Die Handelsspanne von 70 Pfennig pro Dose (Kauf 0,30 – Verkauf 1,00) war sehr attraktiv und nur möglich, solange dieser teure Preis hier zu erzielen war. Ich lehnte das Geschäft ab und so mussten sie zu einer anderen Bank gehen.

Später habe ich gehört und dann auch in der Zeitung gelesen, dass die Regierung angeordnet hatte, die Ware dieser Firma unter Militäraufsicht zum gängigen Preis zu verkaufen. Das brachte dann einen satten Verlust für die Firma in Lagos, unserem Ex-Kunden, ein.

Es gab noch eine Reihe von anderen indischen Handelshäusern in Lagos, mit denen wir ein gutes Geschäftsverhältnis hatten.

Umbau – Anlieferung der Klimaanlage

Der erste Tresor ist noch klein

Umbau der Villa zur Bank

Umbau – rettet die Palme

Die fertige Bank

Trocknende Wäsche in Lagos Innenstadt

Junge Mädchen müssen schon arbeiten

Auf dem Weg zum Medizinmann

Ausflug – der Geheimtipp

Kokosnussjäger und Träger unserer Kühlboxen

Straße vor der Bank zur Trockenzeit

Straße vor der Bank zur Regenzeit

Persönliche Probleme

Ein großes Problem war das Haareschneiden. Für uns Ausländer gab es keine Friseure. Ich hatte gehört, dass die alten ehrwürdigen britischen Clubs aus der Kolonialzeit zeitweise einen 'Figaro' beschäftigten, der sich mit unserem Haar auskannte. Ich ließ mein Haar erst einmal wachsen und nahm mir vor, bei meinen Heimreisen die Haare sehr kurz schneiden zu lassen.

Meine Kleidung klebte durch die hohe Luftfeuchtigkeit am Körper. Also nahm ich mir beim nächsten Heimatbesuch vor, mehr Baumvollkleidung zu kaufen.

Ein weiteres Problem war mein Elektro-Rasierapparat. Ich habe ihn immer gründlich gereinigt, jedoch gab er regelmäßig seinen Geist auf. Nach drei Tagen ohne Rasur war ich in Panik. Ich nahm den Rasierer auseinander, reinigte ihn innen so gut es ging und setzte ihn wieder zusammen. Diese Aktien benötigte einen ganzen Sonntag, wobei ich die meiste Zeit für das Wiederzusammenbauen benötigte. Zum Glück ging er wieder. Ich setzte den Kauf eines zweiten Rasierapparates beim nächsten Heimatbesuch an oberster Stelle meines persönlichen Einkaufszettels.

Trouble vor dem Heimaturlaub

Mein erster R + R (Rest and Recreation) Heimaturlaub war fällig. Am Abflugtag war ich spät dran und genau an diesem Tag war der Verkehr in Lagos mal wieder besonders hektisch. Auf der Straße zum Flughafen gab es plötzlich zwei Spuren, eine, die zum Stillstand gekommen war und eine, die irgendwann mal nach rechts abbog. Ich wollte aber zum Flughafen und war auch in der richtigen Spur, doch tat sich da nichts, während die andere Spur sich zügig bewegte. Nach etwa 10 Minuten Stillstand verlor ich die Geduld.

Ich bat meinen Fahrer Dayo, in die andere Spur zu wechseln und nach der Abbiegung zu drehen. Und das machte er dann auch. Bei der Abbiegung stand ein Verkehrspolizist, der aus mir völlig unlogischen Gründen die Flughafenspur anhielt. Vielleicht erwartete er ein hohes Tier. Dayo hatte das Drehmanöver leider zu früh durchgeführt und so lag der Vorgang im Sichtkontakt des Polizisten. Als wir dann wieder an der Kreuzung ankamen, tönte die Trillerpfeife des Polizisten sehr laut und seine Armbewegungen waren eindeutig. Wir sollten anhalten. Zuerst hielt er eine laute Rede an meinen Fahrer, dann stieg er ein und befahl, in Richtung Flughafen weiterzufahren. Ich hätte ihm gerne ein paar Naira gegeben, aber ich hatte ja keine wegen des Ausfuhrverbotes von nigerianischem Bargeld über 20 Naira. Dayo kramte in all seinen Taschen und brachte nur einen kleinen Geldbetrag zusammen. Oh, was machen wir jetzt, oder was wird mit uns geschehen? Bekomme ich den Flieger noch? „Stop!“ schrie der Polizist plötzlich, griff nach dem Geld des Fahrers, stieg aus und wanderte zurück in Richtung seiner Kreuzung. Ich dankte Dayo und bat ihn, in der Bank sein verlorenes Geld wieder anzufordern. Dazu schrieb ich eine kleine Notiz. Wir erreichten den Flughafen sehr zeitig und so habe ich mein Flugzeug ohne weiteren Stress bekommen.

Heimaturlaub

Ich flog nach Düsseldorf über Zürich und war froh, dem heißen und schwülen Wetter entrinnen zu können. Wie angenehm war es doch, wieder auf Bürgersteigen zu laufen, die Straßen bei Zebrastreifen oder bei Verkehrsampeln gefahrlos zu überqueren und nicht das ständige Hupen der Autos hören zu müssen. Ich wollte mal richtig abschalten. Ich hatte wieder, wie schon bei meiner Visa-Abholung in London, Einkaufslisten von Charlotte, die Frau von Hendrik, von Sulola natürlich und von John, unserem Teaboy. Charlotte wollte ein bestimmtes Set von Besteck von einem bestimmten Geschäft in der Düsseldorfer Altstadt. Das war leicht zu besorgen, aber schwer zu tragen. Sulola hatte wieder ihre Kosmetikwünsche und John wollte einen Plattenspieler, den man auch mit Batterien betreiben konnte. Dazu kamen dann noch Einkäufe für mich: ein paar Tropenhemden, ein zweiter Rasierapparat, Nasentropfen und die Names- und Titelschilder, die ich bei unserer Filiale in Düsseldorf abholen musste. Büromaterial wie Locher, Klammerer, Lineale, Stifte, Marker kaufte ich ebenfalls ein, da diese Materialien in Nigeria nur entweder in minderwertiger Qualität oder zu einem horrenden Preis zu haben waren.

Nach zwei Wochen ausschlafen, Altstadtbesuche mit Freunden und relaxen trat ich vollgepackt mit den Besorgungen meinen Rückflug an.

Titel sind nicht gleich Titel

Mit Freude und Stolz brachte ich die Schilder in die Bank. Aber statt Lob und Anerkennung über die Qualität der Schilder, gab es riesige Proteste. Es waren die Titel, die ich Trottel nicht mit den Betroffenen vorher abgestimmt hatte. Sie sagten mir, sie würden die Titelschilder nicht aufstellen. Die Titel seien eine Degradierung und würden Hohn bei Besuchern und Kunden auslösen.

Ich beteuerte, dass diese Titel der Standard der Bank sind, aber es half nichts. So stimmte ich dem Nichtaufstellen der Titelschilder erst einmal zu und rief dann ein Meeting für die betroffenen Mitarbeiter ein. Ich erinnere mich nicht mehr, welche Titel sie alle wollten. Aber ich weiß noch, dass Director auf der untersten Ebene stand. Das war natürlich völlig daneben und wir kamen zu keinem Ergebnis. Um nicht noch weitere Unruhe zu schüren, ließen wir die Titelschilder weg und stellten nur die Namensschilder auf, die sich gut auf den amerikanischen Schreibtischen machten. Sollte der Herr Minister oder ein hoher Staatsbeamter sich mal in unsere Bank verirren und nach Titelschildern fragen, dann werde ich ihm sagen, dass wir eine Merchant Bank sind und in einer Merchant Bank ist alles sehr diskret und die Titel der einzelnen Mitarbeiter sind nur intern bekannt.

Meine Yoruba-Mitarbeiter und Headcount-Probleme

Bei der Einstellung hatte ich mich natürlich auf die Qualifikation konzentriert und geschaut, dass die neuen Mitarbeiter auch Team-Player sind. Aber auf die Stammeszugehörigkeit hatte ich nicht geachtet. Ich stellte dann fest, dass ich ausschließlich Yoruba eingestellt hatte. Das war für mich kein Problem, denn schließlich waren wir ja im Yoruba-Gebiet. Eine amerikanische Bank, die nach uns kam, hatte überwiegend Ibo eingestellt. Das lief so, dass ein eingestellter Ibo seine Ex-Kollegen, die natürlich auch Ibo waren, für offene Posten wärmstens empfahl. Bei Kunden aus dem Ausland spielte das keine Rolle, jedoch lokale Geschäftsleute kamen lieber zu unseren Yoruba-Mitarbeitern. Lokale Banken stellten alle Stämme ein und erhofften sich davon, dass die Mitarbeiter untereinander sich nicht über den Weg trauten und somit eine interne Kontrolle stattfand.

Inzwischen hatten wir jede Menge Fahrer, Boten, Teaboys und sogar einen Gärtner auf der Gehaltsabrechnung. Die Zentrale würde uns für verrückt erklären, wenn sie unsere Mitarbeiterzahlen sieht. Also wurden diese Mitarbeiter als Aushilfskräfte ohne Arbeitsvertrag ausgewiesen. Ja, der Zentrale ging es damals schon um Headcount. Die Gewinne wurden auf dem Papier durch die Anzahl der Mitarbeiter geteilt, sodass es einen Gewinn pro Mitarbeiter ergab. Und dann wurden die Filialen und Tochtergesellschaften untereinander verglichen. Wir haben schon nach kurzer Zeit Gewinne erzielt. Bei der Statistik Gewinn pro Mitarbeiter ließen wir die Aushilfskräfte außen vor.

Headcount

Headcount ist die Anzahl der beschäftigten Mitarbeiter

Wochenende

Da wir am Samstag bis mittags arbeiteten, begann unsrer Wochenende mit einem Mittagessen in einem italienischen Restaurant in der Nähe der Bank. Es wurde Tradition, dass wir die Arbeitswoche in diesem Lokal ausklingen ließen. Wir, das waren die Expatriates, also die von der Zentrale entsandten Manager. Wir alle aßen immer Pizza und tranken dazu das Star-Bier. Dieses Bier war sehr populär in Lagos, kam in einer Literflasche und schmeckte süßlich, wie ein Deutsches Export Bier. Guinness-Bier, lokal gebraut, war auch sehr beliebt bei den Nigerianern, vielleicht weil es die schwarze Farbe hat. „Guinness is good for you!“ war auf vielen Werbetafeln zu lesen. Aber wir tranken Star-Bier. Da wir nach Hause gefahren wurden, konnte man noch ein Star-Bier „for the road“ und dann noch eins „a final one for the road“ und manchmal noch eins „a very final one for the road“ genießen. Das Problem war dann immer, dass ich sehr müde zuhause ankam und mich erst mal schlafen legte.

An einem Samstagabend war wieder Party angesagt. Eine Clique von Mitarbeitern der amerikanischen Botschaft, der Ölfirmen und der Banken trafen sich entweder in einer Bar oder in einem Privathaus. Man tauschte die letzten Neuigkeiten aus und war mal ganz froh, in einer Expatriate Umgebung zu sein. Einmal war als Treffpunkt die Wohnung von Rico und Vivian ausgemacht. Rico dirigierte für seine Firma den Schiffsverkehr zwischen dem Festland und den Ölplattformen über Funk von seinem Büro aus. Er war Amerikaner mit Vorfahren aus Südamerika. Vivian war auch Amerikanerin, aber mit Chinesischen Vorfahren. Bei dieser Party wurde die Idee geboren, regelmäßig Schach zu spielen. Die Frauen waren davon weniger begeistert, hatten aber die Idee, gleichzeitig Bridge zu spielen. Bevor wir uns verabschiedeten, wurde der Gastgeber für den nächsten Samstag festgelegt. Rico rief uns noch hinterher: „Schachspiele und Bridge Karten nicht vergessen!“

Ausflug – ein Geheimtipp

Unsere Sekretärin Adeola zusammen mit ihrem Boyfriend haben uns einen einsamen Strand gezeigt. Wir fuhren mit dem Auto erst ein Stück nach Westen, dann führten uns gut ausgebaute Nebenstraßen zu einem Dorf an einem Fluss. Hier war die Straße zu Ende. Da herrschte große Aufregung, als wir aus dem Auto stiegen. Adeola's Boyfriend schien den Chief dieses Dorfes zu kennen, denn Beide redeten und lachten. Ein paar Jungs machten ein Holzboot fertig und wir stiegen ein. Die mitgebrachten Kühlboxen wurden von den Jungs auf dem Kopf balanciert. Auf der anderen Flussseite angekommen, stiegen wir wieder aus und das Boot wurde festgemacht. Unsere Begleiter trugen die Boxen wieder auf den Köpfen und brachten uns zum nahe gelegenen Strand. Hier war außer uns keine Menschenseele. Nur Palmen, soweit man schauen konnte und das blaue Meer mit den großen Wellen und der blaue

Himmel. Wir breiteten Decken aus und fühlten uns wie im Luxusurlaub. Unsere Begleiter kletterten barfuß die Palmen herauf und holten für uns Kokosnüsse herunter. Mit einem gezielten Schlag mit einem Buschmesser öffneten sie die Kokosnüsse und achteten darauf, dass die Milch nicht auslief. Solch frische Kokosnüsse hatte ich noch nie gegessen. Es war eine schöne Zeit dort und ich konnte leicht von der Arbeitswelt abschalten. Rechtzeitig vor Einbruch der Dunkelheit machten wir uns auf den Rückweg. Die Jungs tranken das Wasser mit Hochgenuß, welches sich aus den geschmolzenen Eiswürfeln gebildet hatte. Und wieder stiegen wir ins Boot. Auf der anderen Flussseite wartete schon der Chief mit seinem Gefolge. Adeola's Boyfriend gab dem Chief und den Jungs Geld und alle waren glücklich. Sie winkten uns hinterher und ich wusste, dass ich wiederkommen würde. Ich bin auch noch mehrmals zu diesem Dorf und dann über den Fluss zum Strand gefahren. Der Chief war auch sehr freundlich zu mir, leider konnten wir uns nicht unterhalten, aber mit Gesten und Zeichensprache haben wir dann auch gelacht. Das war ein richtiger Insider-Tipp und die Leute, die ich mitbrachte, waren wie ich bei meinem ersten Besuch stark beeindruckt.

Pan-Africana

Ebenfalls in westlicher Richtung von Lagos hatte die Regierung ein großes Straßenbauprojekt in Auftrag gegeben. Nach dem Motto „Petrodollar können Träume wahr werden lassen“, dachte man in Regierungskreisen an eine Pan-Africana. Man wollte die Pan-Americana, also die Traumstraße der Welt, von Alaska nach Feuerland auf Afrika übertragen. Da Lagos am Meer liegt, plante man einen ersten Bauabschnitt von Lagos bis zur Grenze im Westen zum Nachbarland, welches damals Dahomey hieß und heute Benin ist. Natürlich musste dieser Straßenabschnitt perfekt sein, um den anderen afrikanischen Staaten einen Qualitätsstandard zu zeigen. Den Bauauftrag wollte man nicht lokalen Baufirmen geben, denn es sollte ja etwas Besonderes sein. Eine deutsche Firma bekam den Zuschlag und baute die Straße nach dem Muster einer deutschen Autobahn. Also vierspurig, 2 Spuren auf jeder Seite und eine gewisse Anzahl von Ausfahrten. In der Mitte auch die Abgrenzungsbleche zur Gegenfahrbahn. Die Arbeiten gingen zügig voran, trotz einiger Sumpfgebiete. Ich weiß nicht, nach welchen Richtlinien die Ausfahrten gebaut wurden, sie schienen mir in regelmäßigen Abständen zu folgen. Die Ausfahrtstraßen wurden etwa 100 Meter lang gebaut und wurden dann von einem Lehm Trampelpfad abgelöst. Ganz bis Dahomey ging es dann doch nicht. Am Ende der Autobahn wurde die Möglichkeit geschaffen, auf der Gegenfahrbahn nach Lagos zurückzukehren. Die Autobahn wurde eingeweiht und die Staatskarossen durften einmal hin und zurück fahren. Alle Regierungsmitglieder waren 'happy'. Es dauerte nur ein paar Tage und alle Blechabgrenzungen waren verschwunden In den anliegenden Dörfern herrschte Hochbetrieb. Alle Dächer der Lehmhütten wurden ausgebessert. Da es nur am Anfang und nicht mehr auf der ganzen Strecke Brücken oder Unterführungen gab, musste man bis zum Ende fahren, um dann quasi auf dem Rückweg nach Lagos zu gelangen. Das war aber für die Autofahrer zu umständlich. Deshalb wurden an vielen Stellen die Bleche der Begrenzungslinie in der Mitte der Autobahn abmontiert, sodass man auf die Gegenfahrbahn kommen konnte und somit dann auf der Straße nach Lagos war. Dass dies gefährlich war, sah man trotz zahlreicher Unfälle nicht ein. Es dauerte nicht lange, dass ganze Karawanen mit Rindern oder Ziegen über die Autobahn zogen. Das ging wesentlich schneller, als das Vieh durch Sümpfe und Urwald zu treiben. Der Wind fegte Massen von Sand auf die Fahrbahn. Dieser sammelte sich dann auf den sogenannten Standspuren. Ich bin auf dieser Autobahn mehrmals gefahren, aber wohl gefühlt habe ich mich da nicht. Zu dem lokalen Fahrstil in Lagos kam hier noch Geschwindigkeit hinzu, dafür aber weniger Hupen und Lärm.

Zement Roulette

Ich glaube, jeder nigerianische Staatsmann hatte Angst, dass er entweder blutig oder unblutig von seinem Sessel gehoben würde. So ist es nicht verwunderlich, wenn alles daran gesetzt wurde, das Militär bei guter Laune zu halten. Die Soldaten brauchten vernünftige Quartiere und so war es naheliegend, ihnen statt Lehmhütten richtige Häuser zu geben. Zum Hausbau brauchte man Zement und der war in Nigeria nicht vorhanden. Also musste Zement importiert werden. Aber wie viele Tonnen? Da nun wirklich viel Zement benötigt wurde, verfasste man Lieferverträge mit jeweils 12 Lieferungen zu einem zeitgemäßen Preis. Das hieß also, dass jeder Vertragspartner eines solchen Vertrages jeden Monat, 12 Monate lang, ein Zementschiff losschicken musste. Die einzelne Lieferung war 5.000 Tonnen. Jetzt hatte man in Nigeria aber die Erfahrung gemacht, dass bei

Regierungsaufträgen weniger als die Hälfte tatsächlich geliefert wurden. So berechnete man den Zementbedarf für ein Jahr und multiplizierte die zu vergebenen Aufträge mit drei. Das waren dann 114 Kontrakte für jeweils 12 Zementschiffe. Einige Kontrakte wurden an befreundete Geschäftsleute vergeben. Andere konnten beim Ministerium beantragt werden. Hier hörte ich von einer Marktfrau die frage: „Was vergeben die denn da?" „Zementkontrakte" und auch sie beantragte und bekam einen Vertrag. Dann fragte sie die umstehenden Geschäftsleute: „Und wo bekomme ich den Zement?" „Such Dir einen ausländischen Geschäftsmann", war die Antwort. Das tat sie auch und der konnte sein Glück gar nicht fassen. Wir in der Bank hörten von dem ganzen Spektakel und entschieden, uns da völlig herauszuhalten. Warum? Weil das nicht gut gehen konnte. Bei dem Festpreis im Vertrag würde jeder liefern, da der Zementpreis ständig fiel. Die großen Zementfabriken, überwiegend in Europa, hatten Überkapazität und waren sehr froh, plötzlich einen Abnehmer zu haben. Wenn alle liefern, sind das über 100 Schiffe im Monat nur für den Zement. Dazu kamen noch viele Schiffe mit anderen Importgütern. Da es nur 16 Hafenplätze gab, wo die Ladung gelöscht werden konnte, musste zwangsläufig ein Engpass entstehen.

Und siehe da, schon nach kurzer Zeit sah ich jeden Abend auf hoher See ein Lichtermeer von wartenden Schiffen. Diese Lichterstadt wurde täglich größer. Die Redereien, die jetzt jeden Seelenverkäufer flott machten und mit Zement nach Lagos schickten, fuhren schnell in die Gewinnzone, da es neben den Frachtkosten auch eine „demurrage“ Forderung (Entgelt für Wartezeiten am Hafen) gab für jeden Tag, an dem das Schiff warten musste, da kein Hafenplatz frei war.

Das Lichtermeer draußen auf hoher See wurde immer größer. Es waren ja nicht nur die Zementschiffe, sondern auch alle anderen Importe. So gingen zeitweilig den Supermärkten die Waren aus. Als einmal wieder Toilettenpapier im Regal war, war es innerhalb weniger Minuten vergriffen. Etwas musste geschehen.

Man versuchte es zuerst mit Hubschraubern, aber solch eine Entladung ist sehr zeitaufwendig und so mancher Zementsack brach und der Zement landete im Meer. Dann kaufte die Regierung ein Riesenschiff, um den Zement auf hoher See auf diesen Superfrachter zu verladen. Nur war das Meer recht wellenreich und auch hier brach so mancher Zementsack. Aber das größte Problem kam noch: wie konnte das Riesenschiff entladen werden? Die Hafenplätze waren nicht groß genug. Man versuchte es wieder mit Hubschraubern, aber das dauerte ja ewig. Man gab auf.

Viele Reedereien zogen bis auf einen Notdienst die Schiffsbesatzungen ab, flogen diese nach Hause und ließen sie das nächste Zementschiff nach Nigeria bringen. Das sparte Personalkosten.

Die Regierung war gefordert. Der Vorschlag, den Zement einfach ins Meer zu schütten, wurde aus mehreren Gründen nicht angenommen.

In mitten all diesem Trubel kam ein Kunde in unsere Bank und wollte unbedingt, dass wir ein Akkreditiv über eine große Zementlieferung erstellen sollten. Wir waren geschockt. „Wissen Sie denn nicht, was da draußen vor dem Hafen los ist?“ „Gewiss weiß ich das. Ich weiß auch, dass der Zement bei unserer Hitze und Luftfeuchtigkeit drastisch an Qualität verliert und dass im Land ein großer Mangel an Zement herrscht.“ „Und soll Ihr Schiff sich zu den hunderten anderer Schiffe gesellen?“ „Das habe ich nicht vor. Ich möchte Sie bitten, noch ein zweites Akkreditiv zu eröffnen und es ist dringend notwendig, dass beide Waren auf ein und demselben Schiff transportiert werden.“ „Und was ist das für eine Ware?“ „Dynamit.“ Da dämmerte es bei uns. Wenn Dynamit an Bord ist, dann gibt der Hafenmeister bestimmt Vorfahrt, um eine eventuelle Explosion zu vermeiden. Wir haben beide Akkreditive eröffnet und wie gehofft ließ der Hafenmeister dieses Schiff sofort zu einem Anlegeplatz fahren. Für den Zement bekam unser Kunde einen guten Preis. „Was ist aus dem Dynamit geworden?“ fragte ich unseren Kunden bei seinem nächsten Besuch. „Habe ich verschenkt. An dem Gesamtgeschäft habe ich gut verdient.“

Die Regierung verhandelte mit den Geschäftspartnern, gegen eine Kompensationszahlung die Lieferungen sofort einzustellen. Insgesamt wurden nur sehr wenige Häuser für die Soldaten gebaut.

Profitiert haben von diesen Zementlieferungen die Vertragspartner, die eine große Marge verdienten, da der Zementpreis ständig fiel und die Abnahme seitens der Regierung zu einem Festpreis erfolgte. Große Gewinner waren auch die Reedereien, die alle Frachtschiffe einschließlich alter Seelenverkäufer flott machten, die Mannschaften nach Hause fliegen ließen, um das nächste Schiff nach Lagos zu bringen, während für das wartende Schiff Hafengebühr in Rechnung gestellt wurde. Gewonnen haben auch die

Zementfabriken, die in der Rezession Überkapazitäten abbauen konnten.

Verloren haben das nigerianische Volk, die Militärregierung und das Militär. Hier wurden riesige Summen ausgegeben, ohne dass die vorgesehenen Militärunterkünfte, bis auf wenige Ausnahmen, gebaut werden konnten.

*Ein **Akkreditiv** ist das schriftliche Zahlungsversprechen einer Bank, gegen Vorlage bestimmter Dokumente einen bestimmten Betrag zu zahlen. Der nigerianische Importeur bitten uns, im Rahmen seiner Kreditlinie, ein Akkreditiv zu Gunsten des Exporteurs zu eröffnen. Damit ist das Risiko für den Exporteur nicht mehr der Importeur, sondern unsere Bank. Wir haben mit den Dokumenten Kontrolle über die Ware und können sie notfalls verkaufen, wenn der Importeur zahlungsunfähig wird.*

*Bei einem **Dokumenteninkasso** bleibt das Risiko für den Exporteur der Importeur. Nur laufen die Dokumente über uns und wir geben sie an den Importeur nur heraus, wenn er im Gegenzug Zahlung leistet. Sollte er keine Zahlung leisten, informieren wir den Exporteur und bitten um Weisung . In den meisten*

Fällen sucht der Exporteur einen neuen Käufer und gibt uns Instruktionen , was mit den Dokumenten geschehen soll.

Beinahe erwischt

Am Vortag einer Aufsichtsratsitzung fehlten noch die Proxies (Vollmachten) zweier Mitglieder der Bank, ansässig in London. Sie wollten wegen der Sitzung nicht extra nach Lagos kommen. Es stand nichts Besonderes an, nur dass alles nach Plan verläuft. Ohne diese Vollmachten hätten die nigerianischen Direktoren die Stimmrechtsmehrheit und wer weiß, was da alles beschlossen worden wäre. Die Nigerianer wollten vor allem Werbung für unsere Bank im Fernsehen und in den Tageszeitungen machen. Das würde von unserem Geschäftsmodel stark abweichen. Ich sagte zu Hendrik, dass ich diese Proxies organisiere und zum Krankenhaus fahre. Die Schwester Oberin war sehr beschäftigt und nicht glücklich, mich zu dieser Tageszeit an der Telexmaschine zu sehen. Ich sagte ihr, es sei leider wichtig und ich würde mich beeilen. Mein Plan war, diese Proxies zu simulieren, nach London zu schicken mit der Bitte, diese offiziell wieder nach Lagos zurückzuschicken. Ich war mitten im Aufsetzen des Textes, als unser Direktor herein kam. Er sah mich, kam zu mir an die Telexmaschine und begrüsste mich herzlich. „Und wie laufen die Geschäfte? Lassen Sie mich mal sehen, was sie da schreiben.“ Oh Gott, wie komme ich da nur wieder heraus. „Die Proxis unserer Aufsichtsräte sind verstümmelt angekommen und ich bitte jetzt London, die Nachrichten zu wiederholen.“ „Sehr gut! Dann noch gute Geschäfte“, und weg war er. Das war ja nochmal gut gegangen. Aber was war mit mir passiert? Jetzt fälsche ich schon Dokumente, bin ich schon zu ‘local’ geworden?

Heute würde ich so etwas nicht machen. Die Termine stehen fest und es gibt genug Leute, die sich um die Einhaltung der rechtzeitigen Proxies kümmern sollten.

Fahrer Dayo

Die Eltern von meinem Fahrer Dayo kamen eines Tages in die Bank. Dayo hatte mich vorgewarnt, dass sie kommen würden. Er hatte mir aber nicht gesagt, warum. Ich dachte, die wollten nur mal sehen, wo ihr Sohn arbeitet und da brauchen wir uns ja nicht zu verstecken. Mit Dayo als Dolmetscher erfuhr ich dann, dass sie einen Kredit wollten. Sorry, wir sind eine Handelsbank und dürfen keine Kleinkredite vergeben. Bevor sie gingen, lobte ich Dayo über alles, was Dayo auch gerne übersetzte. So war der Heimweg der Eltern nicht nur enttäuschend.

Das Lob war gerechtfertigt. Dayo war immer pünktlich, höflich und wachsam. Nach Veranstaltungen, wenn alle Gäste nach draußen strömten und auf ihr Auto mit Fahrer warteten, war Dayo immer einer der Ersten, der vorfuhr. Er war sehr klein, seine Uniform war immer sauber und er hatte ein verschmitztes Lächeln. Er kannte sich in Lagos und Umgebung sehr gut aus. Sein Traum war es, einmal ein Taxi in Lagos zu besitzen und sein eigener Boss zu sein.

Stammtisch

Lachen konnten meine Mitarbeiter gut. Über jede Kleinigkeit wurde gelacht. Dabei ging der ganze Körper mit. Es erinnerte mich stark an einen Tanz vor dem Marterpfahl. Dabei wurden die Arme in die Luft geworfen und gleichzeitig geklatscht.

Sonst waren sie auch nicht zimperlich, laut zu reden oder zu schreien, wenn ihnen etwas nicht passte. Aber ganz geschockt waren sie, als ich mal gebrüllt habe. Das kannten sie gar nicht von mir. Ein Mechaniker reparierte unseren Fotokopierer, wobei er uns beschuldigte, den Apparat beschädigt zu haben. Wir hätten keine Ahnung, wie er zu bedienen sei. Ich brüllte ihn an, er sollte den Kopierer schnellstens reparieren und dabei den Mund halten. Ich würde sonst seinen Chef aufsuchen und dafür Sorge tragen, dass er bei uns nicht mehr auftauchen darf. Als dann einer meiner Mitarbeiter mich ansprach, dass ich so nicht mit Schwarzen reden sollte, platzte mir der Kragen. „Das hat mit Schwarzen nichts zu tun. Wenn er uns beschuldigt, anstatt seine Arbeit zu machen, dann ist er bei uns fehl am Platz."

Einer meiner Mitarbeiter sagte mir mal: „Ihr Deutschen, ihr wollt alles sofort machen, seid dabei so ernst und erwartet von euren Mitarbeitern, dass sie das gleiche Pensum hier wie in Deutschland schaffen. Dies ist Nigeria und hier geht alles viel langsamer." Ich erwiderte: „Die Mitarbeiter hier in dieser Bank sind Amerikanisch, Britisch, Niederländisch, Deutsch und Nigerianisch, somit international. Also setzen wir hier einen internationalen Standard."

Wir beschlossen zur besseren Verständigung jeden Freitag nach der Arbeit, einen Stammtisch einzurichten. So trafen wir uns regelmäßig in einer kleinen Bar in der Nähe der Bank und jeder konnte sagen, was er auf dem Herzen hatte. Die verschiedenen Themen – auch bankfremde - wurden meist ausgiebig diskutiert und es wurde überwiegend ein Konsens gefunden.

Mitarbeiterschulung

Ich dachte, es könnte nicht schaden, wenn ich mich um eine Mitarbeiterschulung bemühen würde. Als ersten Versuch lud ich alle meine Mitarbeiter in den Konferenzraum ein. John bat ich, uns Getränke zu servieren. „Aber ich will auch am Unterricht teilnehmen", sagte er. „Gut, dann besorge die Getränke und setze Dich dazu." Gesagt, getan. Nach dem Eindecken erschien er mit Block und Bleistift. Ich fragte die Anwesenden, über welche Bankprodukte ich etwas erzählen sollte. Großes Interesse bestand bei Swap Geschäften, die mehr und mehr bei den Banken Einzug hielten. Wir simulierten Zins- und Devisen- Swaps und andere aktuelle Produkte.

Die Mitarbeiterschulung wurde zu einer ständigen Einrichtung. Auch John war immer dabei. Er war so stolz dazu zugehören. Er sagte mir, er erzählt zuhause, was er gelernt hat und die Anderen seien sehr beeindruckt. Ein netter Kerl.

Swap Geschäfte
Das Wort Swap bedeutet Tausch.
Bei den Banken gab es damals die ersten Produkte,
die kurzfristige Zinssätze in längerfristige Zinssätze
oder DevisenKassa-Geschäfte in
DevisenTermin-Geschäfte tauschten.

Bargeld

Obwohl wir eine Handelsbank waren, hatten wir doch auch mit viel Bargeld zu tun. Das lag daran, dass ausländische Geschäftsleute viel Naira-Bargeld hatten - woher auch immer - und dieses nicht ausführen durften. Jeder durfte nur bis zu 20 Naira bei der Aus- und Einreise in bar bei sich haben. Also war es doch klar, wohin mit den Moneten, wenn es eine amerikanische Bank in Lagos gab. Wir wiederum waren auf hohe Bargeldsummen nicht eingestellt. Unser Tresor war viel zu klein und der Versicherungsschutz nicht ausreichend. Geldtransporte waren der Höhe nach begrenzt und mussten immer mit 3 Mitarbeitern plus Fahrer befördert werden.

Ich hatte diese Bargeldeinlagen sehr gerne, da die Begünstigten in der Regel lange fern blieben und wir mit dem Geld Zinsen verdienen konnten. Ich kam mir wie eine kleine Schweizer Bank mit diesem Bargeldgeschäft vor.

Einmal bekamen wir soviel Bargeld, dass wir wegen der Versicherungsauflage drei Fahrten machen mussten. Als wir bei der Korrespondenzbank waren, achteten wir darauf, dass das Geld in unserem Beisein gezählt wurde. Drei Mitarbeiter dieser Bank waren damit beschäftigt. Die Gesamtsumme wurde uns quittiert und wir fuhren zurück zu unserer Bank, um die zweite Fuhre abzuholen. Auch hier lief alles in bester Ordnung. Wieder waren es drei Mitarbeiter, die die Zählung vornahmen. Die Quittung wurde eingesteckt und zurück ging es zur dritten Lieferung. Nur war die Zeit inzwischen fortgeschritten und unsere „befreundete Bank“ machte keine Ausnahme bei den Geschäftszeiten. Wir schafften es gerade noch, die Geldscheine abzugeben, aber ein Zählen in unserem Beisein wurde abgelehnt. Die Entscheidung war nun, das Geld dort zu lassen und deren Zählergebnis anstandslos zu akzeptieren, oder die Nairascheine wieder durch den Lagoser Verkehr in unseren Tresor zurückzubringen. Meine Kollegen rieten mir, das Geld wieder einzupacken und morgen die Tour zu wiederholen. Ich sagte: „Wir haben die

Scheine gezählt und unter Banken muss man Vertrauen haben. Also hierlassen." Am nächsten Morgen erfuhr ich, dass unsere „Bankfreunde" 30 Naira als fehlend gemeldet hatten und uns nur der reduzierte Betrag gutgeschrieben wurde. Da lachten meine Kollegen ganz laut und riefen mir zu: 'Welcome to Nigeria, das war eine Lektion für Dich." Ich fand das nicht so lustig, habe aber daraus gelernt, selbst Banken kann man hier nicht trauen.

Spielabende

Wie wir bei einer Samstagabend-Party so locker beschlossen hatten, machten wir einen wöchentlichen Spielabend zu einer ständigen Einrichtung. Der Treffpunkt war zu Beginn ein paar Mal bei Rico und Vivian, dann aber ging es reihum und so trafen wir uns auch in meiner geräumigen Wohnung. Die Herren spielten Schach, manche sehr leidenschaftlich, andere nur aus Spaß. Aber diese „Nur-zum-Spaß-Spieler", zu denen ich am Anfang auch gehörte, entwickelten dann doch einen gewissen Ehrgeiz und deren Spiel wurde immer besser. Natürlich gab es auch Tage, wo der eine oder andere nicht so gut drauf war, aber trotzdem Freude am geselligen Zusammensein hatte.

Die Damen einigten sich, Bridge zu spielen. Das Spielniveau ging von sehr erfahrenen Spielerinnen bis hin zu Anfängerinnen. Obwohl Bridge weltweit ein sehr ernstes Spiel ist, wurde hier auch öfters laut gelacht. Eines Abends brachte Rico den argentinischen Botschafter mit. Er entschied sich für Bridge und war dort bei den Damen der Hahn im Korb.

Freizeit in Ikoyi

In der Nähe der Bank war das Ikoyi-Hotel. Dort konnte man mittags und abends das Hotelrestaurant und die Hotelbar aufsuchen. Das Hotel hatte auch einen Swimmingpool, den ich gegen eine Gebühr mehrfach nutzen konnte. Andere Ausländer hatten mir aber wegen der schlechten Wasserqualität dort vom Schwimmen abgeraten.

Die Marines-Soldaten, die die amerikanische Botschaft bewachten, hatten auch in Ikoyi ihr Wohnquartier und veranstalteten jeden Freitag eine TGIF-Party (Thank God its Friday), zu der ich oft hinging. Die Marines hatten jede Menge alkoholische Getränke, die sie zu sehr günstigen Preisen verkauften.

Ich habe nie erfahren, aus welchen Quellen diese Ware nach Ikoyi gelangt ist.

Die Marines hatten einen sehr ernsten Einsatz. Die amerikanische Botschaft hatte für Veranstaltungen ein Gebäude angemietet. Hier wurden auch öfters Filme gezeigt, zu denen ich dank meiner Freunde in der Botschaft Zugang hatte. Der Film, an den ich mich noch gut erinnern kann, war „Lost horizon". Eines Tages wollte die Regierung das Gebäude nutzen und kündigte den Mietvertrag mit der Botschaft fristlos. Aber die Amerikaner pochten auf die Laufzeit in ihrem Mietvertrag. Da schickte die Regierung Soldaten, um das Gebäude einzunehmen. Denen aber standen bewaffnete Marines gegenüber. Diese Situation hielt für einige Stunden an. Die Diplomaten einigten sich dann und die Amerikaner räumten das Feld. Ich fragte einen der Marines später, ob er denn geschossen hätte. Er antwortete, das wüsste er nicht, er hätte nur auf einen Befehl reagiert.

Bar Beach

Sonntage waren meist ruhig. Entweder faulenzte ich, las Bücher oder ging zum Bar Beach. Dieser langgestreckte Strand wurde von vielen Ausländern und auch Einheimischen aufgesucht. Ganze Heerscharen von Händlern zogen vorbei und boten ihre Holzfiguren, Schachspiele und andere Holzschnitzereien an.

Später erfuhr ich, dass dieser Abschnitt wochentags benutzt wird, um getötete Schwerverbrecher mit einem Boot aufs offene Meer zu bringen, um sie dann ins Wasser zu werfen. Zum Glück ist mir dieser Anblick verschont geblieben, aber meine Sonntagsausflüge zum Bar Beach wurden wesentlich weniger und ich bin nicht mehr ins Wasser gegangen.

Da war es schöner, auf einem Motorboot zum Mitfahren eingeladen zu werden. Vorbei an tausenden von Palmen und an Dorfsiedlungen kamen wir zu einem Strand, den nur wenige Ausländer kannten. Dies war aber nicht unser Geheimtippstrand, der weiter westlich war. Das Steuern des Motorbootes war nicht einfach, da es in dem Gewirr von Flüssen viele Sandbänke gab. Auch musste man langsam an den Fischern vorbeifahren, die auf schmalen, langen Holzbooten balancierten und ihre Netze auswarfen.

Kino

Es gab auch ein Kino auf Lagos Island, welches westliche Filme in englischer Sprache zeigte. Ein Kinobesuch mit Freunden, war eine willkommene Abwechslung. Immer, wenn wir in der Nähe des Kinos einen Parkplatz suchten, kam eine Traube von Kindern und Jugendlichen auf unser Auto zu. Das Spiel war jetzt, einen großen starken Jungen auszusuchen und ihn zu fragen: „Wie heißt Du?“ Er nannte seinen Namen und wir sagten zu ihm: „Du passt auf das Auto auf: „Yes Master.“ Wenn wir dann zurückkehrten, war er noch da, die anderen waren verschwunden. Er kassierte seinen Parkwächterlohn, meistens 1 Naira, und zog fröhlich von dannen. Es war wichtig, diese Straßenjungen immer auf unserer Seite zu haben. Ich hatte von vielen Fällen gehört, bei denen das Auto beschädigt worden war.

Souvenirs

Ich war kein Kunstkenner, erfreute mich aber an Holzschnitzereien, die am Bar Beach-Strand und vor den Hotels angeboten wurden. In der Masse sahen die Figuren nicht besonders aus, wenn man sie aber einzeln betrachtete, waren sie recht originell. Der Renner waren etwa 25 cm hohe Köpfe eines jungen Mannes und einer jungen Frau. Die Gesichtszüge waren wunderbar dargestellt, selbst das kurze krause Haar des Mannes und die Haarsträhnen der Frau waren gut gelungen. Bei der Frau hatte man noch ein Stück Messingdraht als Ohrringe durch die Ohrläppchen gesteckt. Heute habe ich ein solches Paar in meinem Bücherschrank und die Köpfe dienen als Buchstützen.

Man konnte auch größere Bronzestatuen kaufen, an denen innen zum Teil noch der Ton klebte. Sehr schöne Bronzen gab es vom Oba, dem König. Entweder saß er auf einem Pferd oder in seinem Königsstuhl. Bei einem späteren Tagesausflug nach Ibadan, Yoruba Stadt nördlich von Lagos, kaufte ich in einem Hotel eine Holzmaske, an der kleine Geflügelfedern klebten.

Ich erwarb auch ein Schachspiel, bei dem die Figuren nach nigerianischen Vorbildern geschnitzt waren. Der Turm war eine Lehmhütte, die Bauern gingen alle gebeugt und hatten einen Bauch und die Läufer und Springer waren mit typischen Kopfbedeckungen versehen. König und Königin waren in ihren Ausgehgewändern. Sehr hübsch und ich habe es heute noch.

Antiquitäten durfte man nicht ausführen, aber die neuen Schnitzereien fielen nicht unter dieser Rubrik. Nur wussten das die Zollbeamten am Flughafen nicht. Gegen einen Dash konnte man sie allerdings überzeugen, dass es sich hier nicht um Kunst handelte. Mir wurde geraten, alle Objekte, die ich ausführen wollte, vom Museum freigeben zu lassen. Die hatten dort eine bestimmte Plombe, die sie an den Schnitzereien befestigten. Hier brauchte man dann keinen Dash mehr am Flughafen. Die Mitarbeiter im Museum hatten mir gesagt, dass das einzige gute Stück in meiner Sammlung die Maske mit den Geflügelfedern war, die ich in Ibadan gekauft hatte.

Fahrlässigkeit

Unsere Kreditabteilung hatte einen neuen Kunden akquiriert. Dieser war der Alleinvertreter für den Import von Lexikas. Er sagte, dass er die Ware ohne Akkreditiv oder Dokumenteninkassi beziehen konnte und erst nach dem Verkauf der Bücher die Zahlung leisten musste. Er hatte von unserer Bank gehört, dass uns im Bezug auf Schnelligkeit und Sorgfalt ein guter Ruf vorausgeht. Wir vereinbarten einen Satz von 0,5 Prozent Provision auf die Zahlungsauftragssumme und vereinbarten, dass die Deckungszahlung in Naira bei Auftragseingang anzuschaffen sei. So stand uns das Geld mindestens eine Woche zinslos zur Verfügung, was wunderbar in meine Gelddisposition passte. Das war leicht verdientes Geld und lief so einfach mit in unserem Tagesgeschäft. Die Zahlungsaufträge wurden immer größer, die Dokumentationen, das bedeutete die Verschiffungspapiere, die 'Bill of Entry', die Rechnung usw. waren immer vorhanden. Hätten wir uns die Dokumentation doch mal genauer angesehen. Aber wie leicht wird man übermütig und lässt die Sorgfaltspflicht außer acht. Und dann war es passiert. Die Zentralbank war über das Volumen von Lexikas nach Nigeria überrascht und überprüfte die 'Bills of

Entry'. Diese stellten sich alle als Fälschungen heraus. Das Ganze war nur eine Masche, legal, also nicht über den schwarzen Markt, Nairas in Devisen zu wechseln. Und dann war die Zentralbank nicht zimperlich. Unsere Bank und noch eine andere Bank, die auch solche Fälschungen nicht erkannt hatte, durften keine Devisenanträge mehr einreichen. Das war fast so, als ob einem die Banklizenz entzogen wurde. Aber das Leben ging weiter, auch in Nigeria. Wir ließen alle Devisenanträge über eine nigerianische Bank laufen, die dafür die Hälfte der Provision haben wollte und auch von uns bekam. Zum Glück hatten wir zu dieser Bank schon ein gutes Verhältnis aufgebaut. Mich überraschten in dieser Bank die afghanischen Praktikanten, die das nigerianische Banksystem hier erlernen wollten. Ich schwor mir, jetzt jede Episode vom Village Headmaster im Fernsehen anzuschauen, um genügend Gesprächsstoff mit den Mitarbeitern dieser Bank zu haben.

Nach etwa drei Monaten bekamen wir unsere Genehmigung zurück, unsere Devisenanträge wieder direkt bei der Zentralbank einzureichen. Ab diesem Zeitpunkt waren wir sehr, sehr sorgfältig bei der Überprüfung der Dokumente. Ein Ansatz von Überheblichkeit war verflogen. Wir waren zwar hier zum Geldverdienen, aber nicht um jeden Preis. Wir waren Gast in diesem Land und mussten die Spielregeln einhalten.

Weiße Banker herzlich willkommen

Die amerikanische Zentrale einer großen Büromaschinenfabrik bat uns, mit dem neu ernannten Generalvertreter für Nigeria Kontakt aufzunehmen. Wir sollten ihm einen Kredit einräumen, damit er seine Lagerbestände auffüllen konnte. Dieser Kredit wurde zu 50 Prozent von der Büromaschinen-Zentrale garantiert. Hendrik und ich suchten diesen Generalvertreter in seinen Geschäftsräumen auf. Dieser rief sofort etwa 20 seiner Vertreter zusammen, die gerade bei einer von ihm geleiteten Schulung waren.

Dieser Generalvertreter war noch jung, so in meinem Alter, und sehr dynamisch. Bei jedem Satz, den er mit besonderer Betonung sprach, schaute er Einem nach dem Anderen tief in die Augen, so als wollte er die Personen hypnotisieren. Er sagte, mit Hilfe von Krediten unserer Bank, werde er den nigerianischen Markt erobern und seine Mitarbeiter klatschten Beifall. Dann bat er Hendrik und mich um Informationen über unsere Bank. Das ging einfach und locker und unser Slogan „Die Bank die keine Dokumente verliert" wurde stark umjubelt.

Der Generalvertreter bat Hendrik und mich, doch ab und zu mal vorbeizuschauen. Er liebte es, weiße Banker in seinen Geschäftsräumen zu haben.

Repräsentanz als Untermieter

Eine interessante Einnahmequelle war die Vermietung eines Raumes in unserer Bank an den Repräsentanten einer italienischen Bank. Auf einer Party hatten wir ihn getroffen und er erzählte, dass seine Zentrale in Mailand ihn hierher geschickt hat, um eine Repräsentanz zu eröffnen. Er klagte über alles, auch über das Wetter, was mir aufgrund der warmen Temperaturen am Mittelmeer sehr komisch vorkam. Dem Mann konnte geholfen werden. Wir hatten einen freien Raum für ihn. Gegen eine ansehnliche Summe, durfte er unseren Empfang, die Boten und die nach wie vor einzige Telefonleitung mit benutzen. Die Alternative, ein eigenes Büro mit Personal anzumieten, wäre wesentlich teurer gekommen. Nur bei Telexen konnten wir bei stetig steigendem Geschäft die Schwester Oberin im Krankenhaus nicht noch mehr belästigen. Er musste selbst zur Post gehen. Ich gab ihm natürlich ein paar Tipps, die aus meiner persönlichen Erfahrung stammten.

Treasury Bonds

Wenn wir Geld hatten, waren die Anlagemöglichkeiten begrenzt. Die andere amerikanische Bank brauchte immer Geld, aber wir konnten denen nicht mehr als das von der Zentrale festgelegte Limit geben.

Die nigerianische Zentralbank gab alle zwei Wochen Treasury Bonds mit einer Laufzeit von zwei Wochen heraus. Aber das war nicht sehr attraktiv. Man musste einige Tage vorher den Betrag zeichnen, den man an Bonds haben wollte. Gleichzeitig musste man den vollen Zeichnungsbetrag schon überweisen und verdiente auf diese Summe keine Zinsen. Am Starttag stellte sich immer heraus, dass die Treasry Bond-Ausgabe hoffnungslos überzeichnet war. Einige Banken hatten sogar für die gesamte Emission gezeichnet. Am Anfang hatten wir für drei Millionen Naira gezeichnet und bekamen nur 150.000 Naira zugeteilt. Wenn man den Zinsverlust auf die drei Millionen für mindestens vier Tage rechnet, dann war das ein schlechtes Geschäft. Ich bat meine Mitarbeiter, die früher bei der Zentralbank tätig waren, festzustellen, bis zu welcher Summe eine volle Zuteilung stattfindet. Aber deren Kontaktpersonen hüllten sich in Schweigen. So mussten wir es selbst ausprobierten. Wir zeichneten 1 Million und bekamen 130.000. Das nächste Mal probierten wir 500.000 und bekamen 120.000. Dann versuchten wir es mit 100.000 und bekamen auch 100.000. Von da an zeichneten wir jedes mal nur für 100.000 und bekamen immer die volle Zuteilung.

Treasury Bonds sind Staatsanleihen.

Nach erfolgter Zuteilung werden diese Wertpapiere den Banken ausgehändigt. Gegen Rückgabe dieser Wertpapiere am Fälligkeitstag bekommen die Banken den Nominalbetrag plus Zinsen auf dem Konto bei der Zentralbank gutgeschrieben.

Negotiable Certificates of Deposit

Als neue Handelsbank mussten wir Flagge zeigen und neue Produkte in den Finanzmarkt einbringen. Dadurch, dass unser Geschäftsvolumen ständig wuchs, musste ich auch immer mehr Gelder aufnehmen, um unsere Kredite und Wertpapiere zu refinanzieren. Nach dem Vorbild des Londoner Marktes beantragten wir bei der Zentralbank die Einführung von „Negotiable Certificates of Deposit". Dieses sind Geldmarktgeschäfte, bei denen wir das Geld von einer anderen Bank oder einer Firma (meistens Versicherungen) leihen. Statt nur eine schriftlichen Bestätigung auszustellen, wird ein Wertpapier, - auf Sicherheitspapier gedruckt - dem Geldgeber übergeben. Dieser hat jetzt ein Wertpapier, welches im Falle einer Insolvenz unsererseits (was wir aber nicht annehmen) vorrangig vor einem normalen Geldhandelsgeschäft behandelt wird. Auch ist dieses Wertpapier übertragbar (negotiable). Das bedeutet, dass der Geldgeber während der Laufzeit dieses Wertpapiers die Urkunde, auch zu einem anderen Zinssatz, verkaufen kann. Wer uns dieses Wertpapier am Fälligkeitstag vorlegt, bekommt das Geld plus die Zinsen, die auf dem Wertpapier eingetragen sind.

Die Zentralbank genehmigte dieses für Nigeria neue Finanzprodukt mit den Auflagen, dass die Währung immer Naira sein musste und dass diese Wertpapiere nur in Nigeria gehandelt werden durften.

Ich ließ unsere Wertpapiere in London drucken und wir waren die erste Bank, die solche Zertifikate im Markt platzierte.

IBM Schreibmaschine

Einmal baten wir einen Besucher, doch eine IBM Schreibmaschine mitzubringen. Lokal war zu diesem Zeitpunkt keine aufzutreiben und eine neue Schreibkraft musste beschäftigt werden. Sulola kam mit zum Flughafen. Sie flüsterte dem Zollbeamten etwas zu und er ließ dann unseren Besucher mit dem großen Schreibmaschinen Paket durch. Wir gingen dann zum Auto, gefolgt von zwei Soldaten und zwei in Zivil gekleidete Zollbeamte. Als wir die Schreibmaschine und den Koffer des Besuchers verstaut hatten und alle im Auto saßen, kurbelte Sulola das Fenster herunter und rief die beiden Zollbeamten zu sich. Jedem der Beiden steckte sie 100 Naira zu, was die Soldaten beobachteten. Die Zollbeamten winkten uns dann so zu, dass auch die Soldaten es sehen konnten. „Abfahren!“ kommandierte Sulola. Durch das Rückfenster sahen wir die Geldübergabe an die Soldaten für deren Anteil. Sulola erklärte uns, dass man nie direkt Geld an Militärangehörige zahlen sollte. So war das zwar genauso auffällig, aber eben nur ein Deal unter Zivilisten, obwohl diese eigentlich Zollbeamte waren. Macht keinen Sinn – muss man auch nicht verstehen. Unser Besucher war total verdutzt und wir sagten nur: „Welcome to Nigeria.“

Revisionsbesuch

Bei dem ersten Revisionsbesuch von der Innenrevision in Amerika hatten wir alles organisiert. Der Zollbeamte hatte schon sein Geld, ein Auto mit Klimaanlage brachte sie zu ihrem Hotel. Dort hatte Sulola auch schon die Zimmer besichtigt und Mängel abstellen lassen. Wieder stand ein Auto mit Klimaanlage zur Fahrt vom Hotel zur Bank bereit. Dann abends immer unsere Einladung zum Essen, am Wochenende Ausflug mit einem Motorboot zu den Dörfern der Umgebung. Dort ein Picknick unter Palmen mit kaltem Star-Bier und frischen Kokosnüssen, die die Dorfkinder für uns herunterholten. Kein Wunder, dass unsere Revisionsmitglieder meinten, eine Stelle in Lagos ist eine wunderbare Sache und unser „Beschwernis Bonus“ wäre nicht gerechtfertigt. Wir wurden heftig kritisiert über unsere Dash-Zahlungen, die wir als lokale Frachtkosten verbucht hatten.

Wir waren ja auch dumm. Warum hatten wir alles für dieses Team organisiert? Lasst sie doch mal Lagos pur genießen.

Bei dem nächsten Revisionsbesuch war niemand von uns am Flughafen. Ohne Dash wurden alle Koffer aufgemacht und durchwühlt. Das Taxi, nach dem lange gesucht wurde, hatte keine Klimaanlage und war recht schmutzig. Im Hotelzimmer waren die Betten nicht gemacht, weil das Personal davon ausging, dass niemand mehr kommen würde. Ja, da kam Freude auf. Nachdem wir uns alle Beschwerden der Revision angehört hatten, sagten wir, dass dies unser Alltag ist und wir immer improvisieren müssen. Diesmal regten sich die Revisoren nicht mehr über Dash-Zahlungen auf und erwähnten auch nicht mehr, dass der „Beschwernis Bonus“ nicht gerechtfertigt sei.

Militärputsch 1

Während meiner Zeit in Nigeria gab es zwei Militärputsche. Der erste war unblutig, beim zweiten mussten einige Leute sterben.

Der erste Putsch kam und ging so schnell, dass der Alltag in kürzester Zeit wieder einkehrte. Das Staatsoberhaupt Yakubu Gowon war bei einer Konferenz in einem anderen afrikanischen Land, als er lautlos abgesetzt wurde. Man legte ihm nahe, nicht nach Nigeria zurückzukehren. Neues Staatsoberhaupt wurde Mortala Mohammed. Er bestimmte neue Minister und das Leben ging weiter. Das ging aber nur, weil das Militär hinter dem neuen Machthaber stand. Bestimmt wurden da Versprechungen gemacht, denn die neuen Machthaber konnten jetzt auch an dem Petrodollar-Segen auf Schweizer Konten teilnehmen. Was bedeutete das für uns? Sofort in der Bank das große Foto des alten Machthabers abhängen und vernichten. Nein, wir haben es nicht vernichtet - man weiß ja nie - sondern nur gut versteckt. Einen größeren Aufwand hatten alle die vielen Geschäfte und Firmen mit Sitz an der Hauptstraße von Lagos Island. Diese Straße war vor einiger Zeit umbenannt worden von Broad Street auf den Namen des Staatsoberhauptes Yakubu Gowon. So hatte er schon zu Lebzeiten eine Straße, die nach ihm benannt war. Aber das hielt nicht lange. Eine der ersten Amtshandlungen der neuen Regierung war die Rückbenennung dieser Straße in Broad Street. Das bedeutete für die dort ansässigen Geschäfte und Firmen den Neudruck aller Geschäftsbögen, Rechnungen, Visitenkarten usw.

So kann ich meinen Gedanken nicht so schnell verwerfen, dass die Druckindustrie in Nigeria diesen Putsch unterstützt hat, oder die Firmen, die noch viele alte Bestände mit dem Namen Broad Street hatten.

Paul

Eines Morgens verkündete Walter, unser amerikanischer Leiter der Kreditabteilung, dass er eine Stelle bei einer Bank in Boston angenommen hat und somit Lagos verlassen würde. Das war natürlich ein Schock, da wir doch schon mal einen Wechsel auf dieser Position hatten. Ein Nachfolger wurde gesucht, aber als Sofort-Zwischenlösung schickte uns das Area Headquarter in London Paul, der in der Londoner Filiale tätig war. Ich holte Paul am Flughafen ab und sein Lächeln strahlte mir entgegen. Er war wie ich rot-blond aber sonst war er kleiner und etwas korpulenter. Er sagte, er freue sich auf diesen temporären Einsatz als willkommene Abwechslung zu seinem Londoner Job. Er zog in mein Apartment, das ja groß genug war. Er lebte sich schnell ein und war immer gut gelaunt. Ich nahm ihn mit zu unseren Schach- und Bridge- Abenden. Hier gewann er schnell Freunde. Wenn man von vornherein weiß, dass man nur für kurze Zeit entsandt wird, dann macht man schon das Beste daraus und ist sehr aktiv.

Passbilder

Paul schlug vor, dass wir Beide am Wochenende ins Nachbarland Dahomey (jetzt heißt dieses Land Benin) fahren sollten. Ich stimmte sofort zu. Paul sagte, er hätte sich erkundigt und er brauche als Brite kein Visum. Ich hatte keine Ahnung, ob ich ein Visum brauchte. Ich stellte fest, dass ich keine Passbilder mehr hatte. Sollte ich ein Visum benötigen, brauchte ich doch Passbilder. Wenn nicht, war es nie verkehrt, welche griffbereit zu haben. Also fragte ich Sulola: „Wo kann ich hier Passbilder machen lassen?“ Sie brachte mich zu einem Fotografen, der auf der Straße arbeitete. Ich musste mich auf einen klapprigen Stuhl setzten und der Fotograf machte mit seiner antiken Kamera eine Aufnahme. „Kein zweites Sicherheitsfoto?“ fragte ich. „Nein, zu teuer, Master.“ Inzwischen hatte sich eine Menschenmenge um mich geschart und betrachtete mich mit Spannung. Aber das war es schon. Der Fotograf bat uns, in ein paar Stunden die Fotos abzuholen. Sulola übernahm diesen Part und überreichte mir meine Passbilder. Oh je, das war ja ein Foto für die Fahndung. Grimmig schauend, schwarz weiß, wie vor vielen Jahren, aber egal, diese Fotos sollten ja nur für den Visaantrag benutzt werden. Sulola nahm mir auch den Weg zur Botschaft von Dahomey ab. Sie kam zurück mit einem Grinsen: „Du fährst nach Hause, Du brauchst kein Visum.“ Was war das? Ich fahre nach Hause? Aber ich will doch nach Dahomey. Ganz verunsichert schaute ich Sulola an. „Die Botschaft sagte mir, dass Dahomey einmal deutsche Kolonie war.“ Nun, meine Geschichtskenntnisse waren nicht sehr gut. Ich wusste jedoch, dass Togo, also das nächste Land in Richtung Westen, bis zum Ende des ersten Weltkrieges deutsche Kolonie war. Aber Dahomey? Ich glaubte, da liegt ein Irrtum vor, aber wenn die Botschaft sagt, ich benötige kein Visum, dann brauche ich auch keines. Also war die Passbilder Aktion umsonst, aber vielleicht brauche ich mal Passbilder, auf denen ich nicht zu erkennen bin.

Dahomey

Paul und ich nahmen den Samstag frei und wir planten, eine Übernachtung in Cotonou einzulegen. Paul fuhr unseren VW Passet, so hatte Dayo auch frei. Die Fahrt bis zur Grenze lief reibungslos. Der nigerianische Zollbeamte war sehr nett und wir gaben ihm unsere Papiere. In meinem Fall war es der Pass mit einem Mehrfach-Einreisevisum. Paul übergab neben seinem Pass auch seinen Impfpass. Oh nein! Oh Schreck! Ich hatte meinen Impfpass in der Wohnung gelassen. Das bedeutete umkehren, denn ohne Impfpass komme ich nicht wieder nach Nigeria hinein. Paul sah meine Aufregung und sagte zu mir: „Ganz ruhig! Sag jetzt kein Wort.“ Er wandte sich dem Zollbeamten zu und erklärte ihm unser Missgeschick. Da wir am nächsten Tag wieder einreisen wollten, brauchten wir seine Hilfe. Er sagte, dass er am nächsten Tag keinen Dienst habe. Paul bat ihn, doch an seinen Kollegen eine Notiz zu schreiben, dass alles in Ordnung sei und wir wieder einreisen dürfen. Paul sagte, dass er für seine Bemühungen auch eine Spende an das Rote Kreuz machen würde. Er gab dem Zöllner 20 Naira mit der Bitte, das Geld doch an das Rote Kreuz weiterzuleiten. Wir bekamen die Notiz, bedankten uns und fuhren weiter. Der Zöllner aus Dahomey winkte uns einfach durch. „Du schuldest mir ein Bier", sagte Paul zu mir. „Ich gebe Dir mehrere Biere aus, aber erst wenn wir wieder in Nigeria sind." Der erste große Ort in Dahomey war Porto Novo, wo wir unser Mittagessen einnahmen. Paul schwärmte für französische Küche, die es hier gab. In Cotonou fanden wir problemlos unser Hotel am Strand. Beim Einchecken gab man uns den Tipp, zu einem bestimmten See zu fahren. Dort sollten wir uns unbedingt mit einem Boot zu den Häusern auf Stelzen bringen lassen. Es war ein wunderbarer nicht zu heißer Tag. Überall roch es nach Eukalyptus. Den See und die Boote fanden wir auf Anhieb und gegen einen kleinen Geldbetrag in Franc, Geld hatten wir im Hotel gewechselt, brachte uns der Bootsführer auf den Sightseeing-Trip. Natürlich hielten wir bei einigen Stelzenhäusern an und durften Holzfiguren bewundern und natürlich auch kaufen. Vom Kaufen machte ich reichlich Gebrauch. Mir schien, dass die Schnitzereien hier doch etwas anders waren als in Nigeria. Ein Haus war eine Bar und so tranken wir dort ein lokales Bier. Wieder fühlte ich mich wie in einem Luxusurlaub. Abends ging es dann in den Nightclub des Hotels, welcher der Hotspot von Cotonou war.

Die Rückfahrt am nächsten Tag verlief wieder reibungslos. Ein bisschen Bammel hatte ich schon vor der Grenze. Der nigerianische Zollbeamte prüfte unser Pässe und las dann die Notiz seines Kollegen. Er grinste und sagte: „So, Sie haben Freunde hier in dieser Gegend. Grüßen Sie mir Lagos."

Devisenfreigabe

Die nigerianische Zentralbank beschloss aufgrund der Antragsflut, Devisen sofort freizugeben. Die Anträge wurden nach wie vor geprüft, jedoch mit einer Zeitverzögerung. Deswegen gab ich an einige Geschäftsleute Devisenzahlungen nicht frei. Ich wartete erst auf die Bestätigung, dass der Antrag in Ordnung ist. Zu diesen Geschäftsleuten zählte ich auch meinen Zypern-Griechen. Er war mir sehr sympathisch, jedoch traute ich ihm nicht. Bei einem Problem wäre er mit den Devisen über alle Berge und wir müssten die Devisen an die Zentralbank zurückgeben. Er und andere Geschäftsleute waren nicht glücklich über die Verzögerung, aber ich blieb hart. Ich konnte kein Risiko für die Bank eingehen. Natürlich legte ich die Devisen als kurzfristige Geldmarktgeschäfte in London an und verdiente so für die Bank einige Zinsen.

Diese Sofort-Freigabe der Devisen wurde dann wieder aufgehoben. Um Devisen einzusparen, veröffentlichte die Regierung eine Liste von Produkten, für die die nigerianische Zentralbank keine Devisen mehr bereitstellte.

Kaugummi

Der Tag der Veröffentlichung der Liste von Produkten, für die es keine Devisen mehr geben würde, wurde festgelegt. Alle Schiffe mit Waren, die auf der Liste standen, durften noch nach Nigeria fahren. Die Importeure bekamen aber keine Devisen mehr, um die Exporteure zu bezahlen. Eine Ausnahme bildeten die Schiffe, die die gelistete Ware vor dem Tag der Veröffentlichung an Bord genommen hatten und auf dem Weg nach Nigeria waren. So viel zum Hintergrund. Jetzt kam ein Kunde in unsere Bank und bittet um ein vertrauliches Gespräch. Kein Problem, für diese Zwecke hatten wir einige Besprechungsräume. Diese Räume waren zwar nicht schalldicht, jedoch nach Einschaltung der Klimaanlage war es so laut, dass man vor der Tür wirklich nichts mehr verstehen konnte. Der Kunde wollte gerne Kaugummi importieren. „Kaugummi, okay, welche Menge?“ „Ich hatte so an 1000 Tonnen gedacht.“ „Was? Ein Tausend Tonnen? Das sind ja 1000 mal 1000 Kilogramm, also 1 Million Kilogramm. Was wiegt ein großes Päckchen?“ „20 Gramm.“ Ich begann zu rechnen. Also 50 Päckchen wiegen 1 Kilogramm. Bei 1 Million Kilogramm sind das 50 Millionen Päckchen. „Wollen Sie wirklich 50 Millionen große Päckchen Kaugummi importieren?“ „Ja, das wäre ideal, dann hätte ich das Monopol auf Kaugummi in Nigeria.“ „Wieso Monopol? Jeder kann Kaugummi importieren.“ „Nein, das geht dann nicht mehr, denn Kaugummi steht auf der schwarzen Liste.“ „Was ist das für eine Liste?“ „Na, die Liste mit den Waren, für die es keine Devisen mehr gibt.“ „Und woher wissen Sie, dass Kaugummi auf der schwarzen Liste steht?“ „Habe ich streng vertraulich gehört und ich bitte Sie eindringlich, niemanden auch nur ein Wort davon zu erzählen.“ „Wenn aber jetzt doch noch jemand davon Kenntnis hat und er geht zu einer anderen Bank und hat das gleiche Anliegen, oder wenn zwei weitere Geschäftsleute Kaugummi importieren, dann sitzen Sie auf viel Kaugummi.“ „Mir wurde zugesichert, ich sei der Einzige, der diese Information hat.“ „Also gut, belassen wir es erst einmal dabei. Wo wollen Sie soviel Kaugummi lagern?" „Ich habe schon klimatisierte Lagerräume angemietet." „Haben Sie mal ausgerechnet, wie viel Volumen Sie denn da unterbringen müssen?" „Ja, habe ich." „Also gut, das soll jetzt die Kreditabteilung entscheiden."

Da kommt natürlich die Frage auf, werden wir kriminell, wenn wir dieses Geschäft abwickeln? Wir haben niemanden bestochen, um an Informationen über Waren auf der schwarzen Liste zu erfahren. Aber unser Kunde hat bestimmt viel Geld hinblättern müssen. Also ich glaube nicht, dass unsere Handlung als Bank kriminell ist. Moralisch ist vielleicht der bessere Begriff, aber welche Bank geht denn noch nach moralischen Grundsätzen. Eine Frage wollte ich noch stellen: „Wie lange ist das Haltbarkeitsdatums?" „Kaugummi hat kein Haltbarkeitsdatum." „Das glaube ich nicht." Vor der Bank hatten sich schon die Marktfrauen eingerichtet, um Mittagessen zu verkaufen. Ich ging zu ihnen und entschied mich für ein Mittagessen, bestehend aus einem Päckchen Kaugummi. Tatsächlich, ich konnte kein Haltbarkeitsdatum auf der Packung entdecken. Haben wir das Geschäft gemacht? Ja und nein. Ja, wir haben ein Akkreditiv über Kaugummi eröffnet.

Nein, wir haben keine Tausend Tonnen gemacht, sondern nur einen Bruchteil davon. Kaugummi stand dann auch wirklich auf der schwarzen Liste.

Nigerianisierung

An einem sehr lukrativen Geschäft durften wir nicht teilnehmen, da wir eine ausländische Firma waren. Die nigerianische Regierung übte Druck auf den multinationalen Konzern Unilever aus, der mit Lebens- und Reinigungsmitteln in Nigeria große Geschäfte machte. Organisiert war dieser 'Multi' mit einer Tochtergesellschaft in Nigeria mit dem Namen Unilever Nigeria Plc.

Statt diese Tochtergesellschaft zu verstaatlichen, zwang man den Konzern, einen großen Teil des Aktienkapitals der Unilever Nigeria Plc an Nigerianer zu verkaufen. Die gemeine Vorgabe seitens der Regierung war es, dass der Verkaufspreis der Aktien unter dem Nennwert liegen musste. Einige meiner Mitarbeiter hatten sich Zeichnungsanträge für diese Aktien besorgt und fragten mich, was ich denn davon halten würde. „Kaufen" sagte ich. „So günstig kommt ihr nicht wieder an diese Aktien." Auch John wollte ein paar Naira investieren. Und so war die Nigeria Stock Exchange um eine Firmennotierung reicher.

Plc

eine Plc ist eine Public Liability Company,
in etwa gleichzusetzen mit einer Aktiengesellschaft

Handelsmission

Eine Trade Delegation, also eine Gruppe von Geschäftsleuten aus den USA, hatte die amerikanische Botschaft in Lagos gebeten, Geschäftskontakte mit nigerianischen Firmen zu vermitteln. Man hatte vor, nach Lagos zu reisen. Aufgrund der guten Beziehungen zwischen unserer Bank und der amerikanischen Botschaft wurden wir gefragt, ob wir auch involviert sein möchten. Die Botschaft dachte dabei auch an unsere nigerianischen Direktoren. So kam ein gemeinsames Programm zustande. Die Delegation bestand aus unterschiedlichen Teilnehmern. Einige Geschäftsleute wollten jeden Abend schon früh zurück ins Hotel, andere machten die Nächte durch. Keiner von ihnen war schon vorher einmal in Nigeria gewesen und sie waren sich der „Geschäftsmoral" hier nicht bewusst. Abends an der Bar protzten einige Teilnehmer, wie viel sie schon verkauft hätten. Sie hatten die Vorstellung, dass vom Ölreichtum alle profitierten und sehr freizügig mit der Bestellung von Gütern waren. Ich warnte die Delegationsmitglieder, sehr vorsichtig zu sein. Zu viele „Geschäftsleute“ machen einen sehr guten Eindruck und nehmen die Ware gerne entgegen, aber wenn es ums Bezahlen geht, dann sind sie verschwunden. Aber die Teilnehmer hörten nicht auf mich. So nach dem Motto, was weiß der junge Mann denn schon, wurde ich belächelt und man prahlte weiter.

Später habe ich dann von Mitarbeitern der Botschaft gehört, dass fast alle ihre Waren ohne Sicherheit losgeschickt haben und die meisten immer noch auf die Bezahlung warten. Sie baten die Botschaft um Unterstützung, die Gelder einzutreiben, aber die konnte da auch nicht weiterhelfen.

Nigeria hatte vor dem Ölboom einen guten Ruf und so war es nicht verwunderlich, dass viele Firmen in der Welt Waren nach Nigeria ohne Anzahlung und Absicherung verschickten. Überall herrschte Rezession und hier war ein Land mit einem riesigen Nachholbedarf. Man vertraute den Nigerianern und verschickte Waren und die entsprechenden Papiere direkt an die Geschäftsleute, anstatt sie über Banken abzuwickeln. Bei Nachfragen existierten die Importfirmen nicht mehr oder waren nicht auffindbar. So blieben viele Rechnungen unbezahlt.

Sehr „vertrauliche" Telexe wurden von Betrügern an Firmen im Ausland geschickt. Darin war von künftigen guten Regierungsaufträgen, die man gegen eine „kleine Gebühr" vorab, vermitteln könnte. Die Firmen, die darauf reagierten, erhielten nie einen Auftrag.

Die Botschaften, die bisher jede Anfrage nach Branchenverzeichnissen und sonstigen Firmenauflistungen gerne beantwortet hatten, rückten nun keine Informationen mehr heraus.

Militärputsch 2

Der zweite Militärputsch während meiner Zeit in Nigeria lief nicht so reibungslos wie der erste ab. Ich möchte nicht auf die einzelnen blutigen Abläufe eingehen. Ich berichte hier nur von den Auswirkungen auf unsere Bank und unser Privatleben.

Eines Morgens, wir waren noch nicht lange in der Bank, rasten einige Mitarbeiter zu ihren vor der Bank geparkten Autos und schalteten die Autoradios ein. Irgendwie hatten sie mitbekommen, dass da etwas Großes passiert war. Die laut eingeschalteten

Autoradios brachten in englischer Sprache Eilmeldungen, so dass ich das Geschehen mit verfolgen konnte. Das Staatsoberhaupt und einige andere Personen waren in ihren Autos erschossen worden. Unsere Mitarbeiter weinten und Sulola sagte mir unter Tränen, dass sie erst vor ein paar Tagen bei einem der erschossenen Minister gewesen war wegen einer Genehmigung. Einige Mitarbeiter hatten die Bank schon fluchtartig verlassen und auf der Straße rannten Menschenmassen in die linke Richtung. Später habe ich erfahren, dass sich ein Überfall nur wenige 100 Meter rechts von unserer Bank ereignet hatte. Der Wachmann war nicht mehr da. Ich glaube, er war der erste, der das Weite gesucht hatte. Wir Chefs hielten Kriegsrat. Sulola riet uns eindringlich, auch schnellstmöglich nach Hause zu fahren. Wir verschlossen und verbarrikadierten die Bank so gut es ging. An diesem Tag hatten wir zum Glück wenig Bargeld im Tresor. Überdies waren wir hier bei einer britischen Gesellschaft versichert. So ganz wohl war mir nicht, die Bank zu verlassen, aber es gab keine Alternative. Zuhause hörte ich dann im Radio und im Fernsehen das Ausmaß dieses Putsches. Gezielt waren hohe Staatsleute im ganzen Land ermordet worden, aber die noch lebenden Minister hatten das Militär hinter sich und machten Jagd auf die Rebellen. Es wurde ein Ausgehverbot für die Dunkelheit, also von 20 Uhr bis 8 Uhr verhängt.

Am nächsten Morgen wollte ich unbedingt zur Bank fahren und nach dem Rechten sehen. Mein Fahrer Dayo war überhaupt nicht begeistert. Die Straßen waren leer, nur wenige Autos fuhren langsam durch die Stadt. Was für ein Unterschied zum normalen Berufsverkehr. Links und rechts waren viele Soldaten mit ihren Gewehren in Position. Wir erreichten die Bank in Rekordzeit. Hier war alles ruhig. Kein Mensch weit und breit. Ich schloss die Bank auf und da hörte ich ein Geräusch, so, als wenn jemand Schreibmaschine schreiben würde. Natürlich war es das Telex Gerät, dass wir seit ein paar Tagen hatten. Ja, ein eigenes Telex, bei dem man nicht bis nachmittags warten musste, Nachrichten zu senden und zu empfangen. Das war schon ein herrlicher Fortschritt, obwohl ich die täglichen Besuche im Krankenhaus und die kurzen Konversationen mit der Schwester Oberin vermisste. Auf dem Telex-Drucker konnte ich erkennen, dass auf der anderen Seite unsere Filiale in Dublin war. „Wir haben in den Nachrichten von Unruhen in Lagos gehört. Ist bei Euch alles okay? Ein Kunde fragt an, ob er seine Ware losschicken soll oder nicht.“ „Wir sind alle okay. Das

Militär scheint die Situation im Griff zu haben. Der Kunde soll noch ein paar Tage warten, bis wir Klarheit haben." Damit war die Konversation beendet. Ich nahm die Telexrolle mit den hereingekommenen Nachrichten an mich und beantwortete noch ein paar. Eigentlich ungewöhnlich, dass bei einem Militärputsch die Telexleitungen ins Ausland noch offen sind. Dann ging es wieder zurück durch die autoleeren Straßen. Die Soldaten waren weiterhin auf ihren Positionen. In den Nachrichten wurde verkündet, dass alle Rebellen gefasst seien, dennoch wurde eine Ausgangssperre während der Dunkelheit weiterhin angeordnet. Desweiteren wurde eine dreitägige Staatstrauer angeordnet, das hieß, drei Tage kein Bankbetrieb. Am dritten Trauertag fand ein lange geplantes Tennisturnier mit internationalen Spitzen-Spielern in Lagos statt, The Lagos Open. Während des Turniers stürmten Soldaten die Tennisplätze und verkündeten, wir haben Staatstrauer. Die Tennisplätze waren dann innerhalb von Minuten geräumt.

Die Rebellen, darunter auch eine Frau, wurden öffentlich am Bar Beach, dort wo wir immer an den Strand gingen, hingerichtet. Die Hinrichtung wurde von vielen Nigerianern besucht, die anschließend laut grölend durch die Straßen zogen. Mein Haus Boy Michael war auch dabei. Die deutsche, britische und amerikanische Botschaft hatten uns Ausländern dringend geraten, während und nach der Hinrichtung zuhause zu bleiben.

Nigeria kehrte zur Normalität zurück. Drei Jahre später wurde der neue Staatspräsident Olusegun Obasanjo abgewählt, aber da war ich schon außer Lande.

Wenn ich heute zurückschaue, so war die Fahrt zur Bank am Tag nach dem Putsch total verrückt. Ich habe nicht nur mich sondern auch meinen Fahrer in Lebensgefahr gebracht. Die Bank war versichert und was hätte ich denn schon machen können. Purer Leichtsinn.

Ibadan, Hauptstadt der Yoruba

Paul wollte gerne vor seiner Abreise noch einen Ausflug machen. Wir einigten uns schnell auf Ibadan, die Hauptstadt der Yoruba, nördlich von Lagos. Diesmal sollte Dayo fahren, da wir vorhatten, am selben Tag wieder zurückzukehren. Die Fahrt dorthin dauerte etwas über drei Stunden. Der Verkehr auf den Straßen von Ibadan war auch chaotisch, aber nicht so laut wie in Lagos. Die Straßen schienen auch breiter zu sein und waren zum Teil mit Palmen bestückt. In einem Hotel machten wir Rast und ich kaufte in einem Geschäft im Hotel eine Holzmaske, an der noch kleine Federn klebten.

Wir besuchten noch den Zoo und fuhren anschließend durch die Innenstadt, um ein Gefühl für die Stadt zu bekommen. Die Menschen hier schienen lockerer und freundlicher zu sein als in Lagos. Auf der Rückfahrt nach Lagos hatten wir eine lange Wartezeit, da sich ein Lastwagen mit Anhänger bei einer Vollbremsung so verkeilt hatte, dass er die gesamte Straßenbreite blockierte. So warteten wir dann über eine Stunde, bis der Lastwagen samt Anhänger wieder fahren konnte.

Während der Wartezeit hatte ich mein Fenster geöffnet und plötzlich schrie Dayo ganz aufgeregt: „Vorsicht Tse Tse Fliege!" Eine große in Farben schillernde Fliege war durch das Fenster eingedrungen. Wir fuchtelten mit unseren Händen solange, bis die Fliege wieder draußen war. Die Fenster haben wir während der Fahrt dann nicht mehr geöffnet.

Harry und Ellie

Harry, der neue Leiter der Kreditabteilung, traf mit seiner Frau Ellie in Lagos ein. Paul übergab seine Arbeit und flog nach London zurück. Harry war sehr groß, sehr Britisch, besonders bei seiner Wortwahl. Er stellte sich den Mitarbeitern vor und sagte, dass er bisher kleine Firmen bei der Kreditaufnahme und bei der Analyse der Arbeitsabläufe betreut hat. Ellie war glücklich hier zu sein, wollte aber nicht in das Haus ziehen. So überließ ich den Beiden mein Apartment und zog mit Michael in das Haus Plot 831. Um meine neue Umgebung kennenzulernen, spazierte ich jeden Abend in eine andere Richtung. Auf dem Weg zum Strand wurde das neue Eko Hotel gebaut. Nach Fertigstellung ein beliebtes Ziel von mir, denn dort gab es ein gutes Restaurant und eine sehr nette Bar. Am Wochenende machten Harry, Ellie und ich öfters Ausflüge und ich zeigte ihnen auch den Geheimtipp mit der Flußüberquerung und dem Privatstrand.

Zwei Verlierer

Ein verrückter Deal war unsere Garantieerklärung an ein amerikanisches Unternehmen. Sie handelte von der Überlassung der Technik für die Live-Übertragung des Boxkampfes Mohammad Ali und Joe Frazier auf einer großen Videowand im Nationalstadion. Das Geschäft hatte ein guter Freund von einem unserer Direktoren an Land gezogen. Er brauchte aber dazu eine in Amerika anerkannte Bank für die Garantieerklärung. Man erwartete viele Zuschauer im Nationalstadion, denn Boxen war ein sehr populärer Sport in diesem Land. Am Morgen vor der Übertragung suchten wir nach einem geeigneten Foto unserer Bankzentrale, um daraus ein Dia-Positiv machen zu lassen. Mit einer Lautsprecherdurchsage „Diese Übertragung wurde organisiert und finanziert von der neuen Merchant Bank in Lagos" (und dann folgte unser Firmenname). Gleichzeitig sollte unser Foto groß auf der Projektionswand erscheinen. Kurz vor dem Boxkampf wurde die Leitung getestet und man sah nur Schatten. Da ich kein Fan von Boxkämpfen bin, war ich bei dieser Veranstaltung nicht dabei. Aber Hendrik und Harry waren dort. Hendrik forderte Harry auf, zur Lautsprecherkabine zu laufen und die Durchsage zu stoppen. Harry erreichte die Kabine gerade noch rechtzeitig und konnte unsere Werbung verhindern. Die Übertragung des Boxkampfes war so schlecht, dass man nicht wusste, welcher Schatten Mohammad Ali und welcher Schatten Joe Frazier war. Die zahlenden Zuschauer waren nicht begeistert und buhten so laut sie konnten.

Am nächsten Morgen machten sich Hendrik, Harry und weitere Mitarbeiter der Kreditabteilung auf den Weg zum Büro unseres Kunden. Der zählte gerade die Einnahmen, als unsere Truppe hereinstürmte. Sie nahmen das gesamte Bargeld an sich. „Aber ich muss doch noch die Stadionmiete bezahlen." Das ließ unser Team völlig kalt. Das Bargeld wurde in unsere Bank gebracht, gezählt und in den Tresor gelegt. Die Forderung aus der Garantie war höher als unsere Bargeld-Einnahmen. Von dem Kunden war nichts mehr zu holen. Das war ein teures Lehrgeld.

Weihnachtsfeier

Auch wir hatten eine Weihnachtsfeier. Der 25. und 26. Dezember waren zwar offizielle Feiertage in Nigeria, aber aufgrund der hohen muslimischen Bevölkerung war die Bedeutung des Weihnachtsfestes für die meisten unserer Mitarbeiter gering. Trotzdem hatten uns Kunden, sowohl unsere Lieferanten als auch unsere Kreditnehmer, eine Reihe von Weihnachtsgeschenken geschickt oder vorbei gebracht. Das Management-Team beschloss, diese an die Mitarbeiter mittels einer Verlosung zu verteilen.

Wir fanden uns alle im Board-Room zum Essen und Trinken ein. Die Verlosung war spannend, denn jeder erhoffte sich einen schönen Preis. Da waren große Mengen von Glühbirnen, die ein Kunde von Harry herstellte. Der Hauptpreis war eine Flasche Brandy, die von unserem Teaboy John gewonnen wurde. Mitarbeiter versuchten ihm die Flasche abzukaufen, aber ohne Erfolg. John führte einen Freudentanz auf und rief: „Fantastisch! Das wird das beste Weihnachtsfest!“

Soziale Kontakte durch Spiele

Neben unseren Schach- und Bridge-Abenden ging ich gerne einmal monatlich sonntags zu den Wohnungen der Mitarbeiter der amerikanischen Botschaft. Hier hatte sich eine Clique gebildet, die das Mörderspiel ‘Cluedo’ spielte. Wir waren meistens 6 Mitspieler und so ein Spiel dauerte dann auch ziemlich lange. Eine Beeinträchtigung war das Getränk, welches jeder bekam. In einer großen Karaffe wurde „Bloody Mary“ angerichtet. Ich vermutete, dass der Alkohol und der Tomatensaft aus Botschaftsbeständen stammte. Wenn die Karaffe leer war, wurde sofort eine neue kreiert. Ich kannte „Bloody Mary“ noch nicht und ließ mir sagen, dass das Sichtbare der Tomatensaft ist und das Unsichtbare der Vodka. Da muss aber jede Menge Unsichtbares hineingegossen worden sein, denn den Alkohol konnte man deutlich schmecken. Komplettiert wurde das Getränk durch eine scharfe Tabasco-Soße und Pfeffer. Dazu aßen wir Sellerie- Stücke. Ich glaube, es ging hier mehr um die „Bloody Maries“ als um das Cluedo Spiel. Das Spiel war nur ein Vorwand. Auf jeden Fall haben diese Zusammenkünfte immer Spaß gemacht und alle waren gut drauf. Hier habe ich auch den Ausdruck „Virgin Mary“ gelernt. Natürlich kannte ich die „Virgin Mary“, die Jungfrau Maria, aus dem religiösen Bereich, hier hieß eine „Bloody Mary“ ohne Alkohol „Virgin Mary.“ Macht ja auch Sinn, nur haben wir nie „Virgin Maries“ getrunken.

Ein sehr populäres Spiel, was jeder Ausländer mitgebracht hatte, war „Mastermind“. Man konnte es zur

Not auch bei Kerzenlicht spielen, wenn mal wieder Stromausfall war.

Natürlich haben wir alle das nigerianische Ayo-Spiel gekauft und gespielt. Die extra für die Ausländer geschnitzten Spiele haben 12 Kuhlen, in die man jeweils 4 Steine legt. Der Spieler, der beginnt, entnimmt die 4 Steine aus einer beliebigen Kuhle und verteilt die Steine. Ein Stein pro Kuhle, in den Kuhlen links oder rechts von der Ursprungskuhle. Nachdem er den letzten Stein verteilt hat, nimmt er alle Steine aus der letzten Kuhle und fährt mit dem Verteilen fort. Nachdem die Anzahl der Steine in den Kuhlen nicht mehr jeweils 4 Steine sind, spielt der erste Spieler solange weiter, bis er seinen letzten Stein in eine Kuhle wirft, die leer war. Wenn auf dem Weg dorthin sich wieder 4 Steine in einer Kuhle befinden, so darf er diese 4 Steine entnehmen. Dann ist der andere Spieler an der Reihe. Er kann dort beginnen, wo er mag. Ziel ist es, möglichst viele Kuhlen mit 4 Steinen zu kreieren, um diese zu gewinnen. Sieger ist dann derjenige mit den meisten Steinen. Auf einer Kautschuk-Plantage habe ich einmal die großen, getupften Samen gesammelt, die beim Ayo-Spiel gut verwendet werden können. Die nigerianischen Kinder spielen im Dreck und machen mit ihren Händen 12 Aushebungen. Die Exportversion ist ein Holzkasten, den man aufklappen kann, Handarbeit mit eingeschnitztem Bild. Die anspruchsvollere Version ist eine Schnitzarbeit von 2 Spielern, etwa 30 Zentimeter hoch. Diese halten ein Ayo-Brett mit den 12 Kuhlen. Zusätzlich ist für jeden Spieler eine größere Kuhle für die gewonnenen Steine vorhanden.

Besuch beim Buchhalter

Unser Buchhalter lud mich einmal zu sich nach Hause ein. Ich hatte seinen Autokredit genehmigt und das war bestimmt das Dankeschön. Ich lernte seine Frau kennen, die uns in einem kleinen Reihenhaus empfing. Das Haus war gemütlich, vielleicht etwas überladen mit Möbeln. Das Essen war sehr schmackhaft, wobei ich aber nicht gefragt habe, was ich da esse. Vor der Rückfahrt wollte ich die Toilette besuchen, die es aber im Haus nicht gab. Der Buchhalter führte mich nach draußen zu einem Schuppen, der als öffentliche Toilette diente. Hierhin gehen Männlein und Weiblein, ohne Zwischenwände und verrichten ihr Geschäft auf dem Sandboden. Ich war wieder um eine Erfahrung reicher.

Einbruchdiebstahl - Angst

Große Angst bekam ich, als ich den Diebstahl von meinem Tonbandgerät bemerkte. Das Gerät befand sich in meinem Schlafzimmer und war nachts, während ich schlief, entwendet worden. Der Wachmann, der das Haus bewachte, war auch verschwunden. Auf einem schnellen Rundgang mit Michael stellten wir keine fehlenden Sachen fest. An den Türen konnte ich keine Gewaltspuren entdecken. Auf dem Weg zur Bank fuhr ich bei der Polizeistation vorbei und meldete den Vorgang. Die sagten nur: „Seien Sie froh, dass Sie nicht aufgewacht sind." Ach Du Schreck, daran hatte ich überhaupt noch nicht gedacht. Die Angst wurde noch größer. Von der Versicherung bekam ich das Gerät erstattet. Wenn ich darüber nachdachte, was wäre gewesen, wenn ich aufgewacht wäre? Plötzlich rückte all die Abenteuer-Romantik in den Hintergrund.

Ich hörte von vielen Diebstählen und das gab meinem Aufenthalt einen bitteren Beigeschmack. Ganz dreist war eine bewaffnete Diebesbande, die in einer Siedlung von Ausländern (in Apapa) eines Nachts in jedes Haus eindrang. Schwer bewaffnet weckten sie die Bewohner auf und scheuchten sie auf die Straße. Während die Ausländer in Schach gehalten wurden, durchkämmten andere Bandenmitglieder die Häuser und suchten nach Wertsachen.

Junger Künstler

Eines frühen Abends bekam ich überraschenden Besuch. Ein Künstler mit dem Namen Akono wollte mir seine Ölgemälde verkaufen. Er war Moslim und bat um ein Glas Wasser, um die Fastenzeit im Ramadan bis zum Einbruch der Dunkelheit zu überbrücken. Der junge Mann war ein Kunststudent und er zeigte mir freudestrahlend seine Gemälde. Ich hatte nicht die Absicht, Bilder zu kaufen und erklärte ihm das auch. Aber er ließ nicht locker und machte mir einen guten Preis. Die Gemälde zeigten alle Dörfer mit Lehmhütten, Palmen, Boote auf einem Fluss und natürlich viele Menschen. Die meisten Frauen trugen ihre Kinder auf dem Rücken. Die Dörfer waren sauber, kein Unrat war sichtbar. Aber das ist ja das Recht des Künstlers, Dinge einfach wegzulassen. Nach langem Feilschen, was dem Künstler viel Freude bereitete, einigten wir uns auf Preise für einige seiner Werke und er zog freudestrahlend wieder ab. Einige Wochen später erschien er wieder, diesmal mit Gemälden von moderner nigerianischen Kunst.

Etwas gewöhnungsbedürftig, aber wann bekommt man schon moderne nigerianische Gemälde angeboten? Auch hier kaufte ich ihm einige Bilder nach langem Handeln ab, vielleicht war der Kauf eine gute Investition.

Ich habe im Internet Akono gesucht. Und tatsächlich habe ich seinen Namen bei der nigerianischen Künstlerauflistung gefunden. Sogar ein modernes Gemälde war zu sehen, dass ich sofort an seiner „Handschrift“ erkannte. Da stand auch noch, dass dieses Bild bei einer Auktion in Bristol verkauft worden war. Ich sah schon die Euroscheine für den Verkauf meiner Gemälde und war ganz neugierig, welchen Preis denn dieses Werk erzielt hatte. Wie groß war da die Ernüchterung, als ich las, dass der Auktionspreis 27 Britische Pfund war. Vielleicht wird Akono noch berühmt und meine Gemälde kommen dann zu einem großen Auktionshaus.

Einladung nach „Maroko“

Auf Victoria Island, nicht weit von Plot 831 entfernt, war eine große Ansiedlung mit Wellblechbaracken. Diese Siedlung war bekannt unter dem Namen „Maroko“. Zwei Chiefs beanspruchten diesen Bereich und kassierten Miete von den einzelnen Bewohnern. Als Ausländer traute ich mich nicht durch den Eingang dieser Shanty-Town zu gehen. Aber eines Tages kam der Nachtwächter für Plot 831, also der Nachfolger von dem Wächter, der nach dem nächtlichen Einbruch verschwunden war, auf mich zu. Er übergab mir eine gedruckte, mit Goldrand versehene Einladungskarte zur Feier der Geburt seines Kindes. Da die Feier in seiner Wohnung in Maroko war, vereinbarten wir, dass er mich abholen und zu seiner Wohnung bringen würde. Der Tag kam und mir war es doch etwas mulmig, in diese Shanty-Town zu gehen. Ich wurde neugierig angesehen, denn ein Ausländer verirrt sich hier nie. Es gab nur Lehmboden, der staubig war und viel Unrat überall. Kinder spielten in Wassertümpeln. Es war laut, aber die Leute lachten und schienen fröhlich zu sein. Wir erreichten die Wohnung, in der uns die Frau des Nachtwächters samt Baby schon erwartete. Es gab nur ein Zimmer, wo gekocht, gelebt und geschlafen wurde. Die rohen Wände waren voll geklebt mit Ausschnitten aus Pornoheften. Ich bekam etwas zu trinken, was Palmwein sein musste. Den gibt es hier überall für wenig Geld zu kaufen. War nicht mein Ding, aber jetzt hatte ich auch einmal Palmwein probiert. Essen wurde auch aufgetischt und es schmeckte nicht schlecht. Nur gefragt, was wir denn da essen, habe ich wieder nicht. War bestimmt auch gut so. Ich hatte mich bei meinen nigerianischen Kollegen in der Bank erkundigt, was man denn schenken sollte und alle sagten: „Gebe der Mutter Geld." Das tat ich dann auch und sie war überglücklich. Eine Unterhaltung erwies sich als schwierig, da die Mutter kein Englisch sprach und der Nachtwächter auch nichts sagte. Ich blieb noch eine Weile und wir lächelten uns an. Dann dankte ich für die Einladung, das Essen und den Wein und verabschiedete mich. Ich versicherte dem Nachtwächter, dass ich den Weg zum Ausgang der Siedlung schon finden würde.

Ich war noch nicht weit gegangen, da hörte ich laute Party Musik und ein Mann kam von der Party auf mich zu. Er berichtete, dass er stolzer Vater von einem Sohn geworden war und ich müsste unbedingt mit ihm anstoßen. Warum nicht, der Abend war noch jung. Der Vater rief allen Gästen etwas zu in einer Sprache, die bestimmt Yoruba war. Alle klatschten und ich bekam etwas zu trinken gereicht. Das war kein Palmwein, sondern ein hochprozentiger Vodka. Ich wurde gebeten, ins Haus zu gehen und die Mutter mit Baby zu begrüßen. Das Haus hatte mehrere Zimmer und im Schlafzimmer bei gedämpftem Licht war nun die Mutter mit Baby. Sie lachte mich an und ich gab ihr Geld, was zu einem weiteren Lachen führte. Vor dem Haus nahm ich dann inmitten der anderen Gäste Platz und wir alle tranken auf das Wohl des Babys und seiner Mutter. Natürlich tranken wir auch mehrmals auf das Wohl des Vaters. Es war schon sehr spät als ich aufbrach. Den Weg zum Eingang, jetzt Ausgang dieser Shanty-Town hatte ich mir gemerkt und der Weg zum Plot 831 war dann auch nicht mehr weit.

Wenige Wochen später berichtete der Nachtwächter, dass sein Kind gestorben sei. Diese Nachricht erreichte mich wie ein Faustschlag in die Magengegend. Ja, ich hatte von einer hohen Säuglingssterberate gehört. Wenn man jedoch indirekt betroffen ist, ist es keine Statistik mehr. Ich wurde brutal erinnert, wo ich denn überhaupt war. Mangelnde Hygiene, verseuchtes Wasser, nicht ausreichende ärztliche Versorgung für die Armen waren hier an der Tagesordnung. Ich hoffe nur, dass mit all dem Ölreichtum die Probleme abgestellt werden.

Maroko ist nicht Marokko

Der Internationale Operations-Chef unserer Bank kam zu Besuch und fand alles recht ordentlich vor. Über unseren Slogan „Die Bank die keine Dokumente verliert“ hat er erst gelächelt, aber nach ein paar Tagen in Lagos hat er verstanden, warum wir diesen Spruch gewählt hatten. Jedenfalls hat er vor meinen Mitarbeitern eine kurze Rede gehalten. Er berichtete von den Aktivitäten der Bank, überall Filialen und Tochtergesellschaften zu eröffnen. „Auch in Afrika werden wir expandieren. Zum Beispiel in Marokko.“ „In Maroko?“ fragte ein Mitarbeiter fassungslos. „Ja, in Marokko.“ „Ich will aber keine Versetzung nach Maroko.“ „Keine Angst, wir werden dort lokale Mitarbeiter einstellen.“ „Was, lokale Mitarbeiter? Die haben doch keine Bankausbildung.“ „Doch, da gibt es bestimmt gute Kandidaten.“ An dieser Stelle musste ich einschreiten und erklären, dass es auch ein Maroko in Lagos gibt, wo wir bestimmt keine Filiale errichten wollen.

Die Bewohner von Maroko wurden 1990 in noch schlechtere Wellblechbaracken weit außerhalb von Lagos umgesiedelt. Zu diesem Zeitpunkt waren es 300.000 Menschen. Ich kann mir das gar nicht vorstellen, ich hätte geschätzt, dass 1976 so um die

10.000 Menschen dort gelebt haben. Das ganze Gebiet wurde platt gemacht und mit viel Sand aufgefüllt, da Moroko unter dem Meeresspiegel lag. Heute ist Maroko, auch aufgrund der guten Lage, sehr begehrt für Hotels, Luxusgeschäfte und Luxuswohnungen. Die beiden Chiefs, die Miete im alten Maroko einkassiert hatten, haben geklagt und erst 2008 gab es eine Kompromiss-Zahlung. Vielleicht würde unsere Bank heute doch eine Filiale in Moroko eröffnen.

Sturzhelme

Es wurde ein neues Gesetz erlassen: jeder Moped- oder Motorradfahrer muss einen Sturzhelm tragen. Überall standen Polizisten und hielten jeden Fahrer an, der keinen Helm trug und gaben diesem eine saftige Strafe. Clevere Geschäftsleute stellten Helme aus Calabash her. Calabash ist eine Art Kürbis, also eine Frucht, deren dicke Schale leicht geschnitzt werden kann. So habe ich von einem Mitarbeiter eine halbe Calabash Schale mit der eingeschnittenen Deutschlandkarte geschenkt bekommen. Also diese Calabash-Helme waren geschnitzt und bemalt, sodass man schon genauer hinsehen musste, dass es hier kein richtiger Helm war. Natürlich waren die Calabash Helme gefährlich, denn sie hielten nicht viel aus. Aber sie waren wesentlich billiger. Aber keine Angst, unsere Boten bekamen alle ordentliche Helme, deren Kosten wir von der Steuer absetzen konnten.

Staatsbesuch – 1. Teil

„Der Chairman kommt!" „Was? Der Vorstandssprecher kommt nach Lagos?" „Ja, habe ich gehört." Diese kurze Konversation hatte ich mit Hendrik, als er von einer Konferenz zurückkehrte.

Die Bestätigung folgte wenige Tage später per Telex. Der Chairman, so hieß es, wird alle neuen Filialen und Tochtergesellschaften mit dem Bank-Flugzeug besuchen. Begleitet wird er von seiner Gattin und dem Leiter des International Banking. Auch der persönliche Assistent des Chairman würde mitreisen. Die Daten wurden uns auch durchgegeben. Demnach wird er vormittags ankommen und am nächsten Morgen weiterfliegen.

Das bedeutete, Abholung am Flughafen, Fahrt zum Federal Palace Hotel, Einchecken, Mittagessen dort mit lokalen Direktoren und unserem Management-team, nachmittags zuerst zur Bank und dann Gast bei einem lokalen Direktor, Abendveranstaltung mit Einladung von VIPs und Rahmenprogramm, am nächsten Morgen Fahrt zum Flughafen und dann bye-bye.

Das hört sich so einfach an, bedeutet aber eine Menge Arbeit. Sulola bekam sofort die Aufgabe, sich um das Rahmenprogramm am Abend zu kümmern. Sie sagte, sie würde verschiedene Stämme mit ihren Trachten und Musik organisieren. Warum nicht? Etwas lokale Kultur wird dem Chairman und seiner Gattin bestimmt in Erinnerung bleiben.

Die Vorbereitungen liefen auf Hochtouren und mein Chef wurde von Tag zu Tag unruhiger. Nun, ich war auch aufgeregt. Wann hat man schon die Gelegenheit, den Chairman der Bank zu treffen, aber das Tagesgeschäft nahm mich voll in Anspruch.

Der Tag der Ankunft kam und eine Delegation fuhr zum Flughafen. Ich selbst blieb in der Bank, hielt also bis mittags die Stellung und machte mich dann auf den Weg zum Mittagessen im Federal Palace Hotel. Zuvor musste ich aber noch nach Hause, um die Aktenmappen für den Chairman und dem Head of International Banking zu holen. Diese beinhalteten die Namensliste, der am Abend eingeladenen Personen einschließlich deren Tätigkeiten, Hobby usw. Natürlich hatten wir auch eine Liste mit unseren nigerianischen Direktoren und deren Geschäftsinteressen angelegt. Ich holte also diese Mappen und fuhr dann mit dem Aufzug hinunter. Und was passierte? Der Aufzug stoppte zwischen 2 Etagen und ich saß in der Falle. Wäre ich doch nur die paar Treppen heruntergelaufen. Zu spät. Ich war gefangen. Mein Drücken auf alle Knöpfe bewirkte nichts, nicht einmal ein Schellen oder Alarmgeräusch. Ich schrie so laut ich konnte, aber keine Reaktion. Jetzt schossen mir alle möglichen Gedanken durch den Kopf. Wenn ich zum Mittagessen nicht erscheine und die Mappen nicht übergebe, was hat das für Konsequenzen? Erstmal keine. Ich wurde ruhiger. Nach etwa 10 Minuten, mir kam es aber vor wie die Ewigkeit, rüttelte die Aufzugkabine und wir fuhren weiter. War wohl mal wieder Stromausfall. Von nun an nur noch Treppen, schwor ich mir. Natürlich kam ich rechtzeitig zum Hotel, übergab die Mappen, brauchte aber noch eine Weile, mich zu beruhigen.

Wir hatten im Vorhinein genau geplant, wer nach dem Essen mit welchem Auto fährt. Aber das wurde über den Haufen geworfen, als man mir sagte, ich sollte doch mit dem Chairman und seiner Gattin ins

Auto steigen. Da saß ich nun, quasi allein, mit dem Chairman in einem Auto. Was sagt man denn da in so einer Situation? Er sagte nichts, ich sagte nichts, Wir kamen an einem großen Werbeplakat von Johnson & Johnson vorbei. „Sieh mal", sagte der Chairman zu seiner Frau, „Johnson & Johnson ist auch hier in Nigeria." „Ja, es gibt viele amerikanische Produkte hier", warf ich ein. „Es kommen auch viele Vertreter von amerikanischen Produkten in unsere Bank." Dann sagte die Gattin: „Ich weiß nicht, ist Lagos schlimmer als Jakarta?" Der Chairman sagte: „Ich glaube, Jakarta ist schlimmer." Ich sagte: „Ich war noch nie in Jakarta, aber an Lagos habe ich mich langsam gewöhnt." Was für eine Unterhaltung. Ich war froh, als wir bei der Bank ankamen. Hier lief alles bestens und dann reiste das Team weiter zum Haus einer unserer Direktoren.

Die Piloten

Die beiden Piloten des Bank-Jets kamen kurze Zeit später mit einem großen Koffer in die Bank. „Können wir den Koffer hier über Nacht deponieren?" fragte der erste Pilot. „Was ist denn da drin?" fragte ich neugierig. „Alles Traveller Checks für Benzinkäufe“ war die Antwort. „Da haben wir ein Problem“, meinte ich. „Der Koffer ist zu groß. Er passt nicht in unseren Tresor. Wir müssten den Koffer auspacken und die losen Checks im Tresor stapeln. Ich weiß ja nicht, um welche Summe es sich hier handelt. Eventuell haben wir da auch ein Versicherungsproblem.“ Die Piloten waren nicht begeistert und murmelten was von Piggy Bank. „Wir sind eine Merchant Bank hier in Nigeria und haben mit großen Summen von Bargeld und Schecks nichts zu tun. „Okay“, sagte der erste Pilot. „Können wir Nairas bekommen?“ fragte der andere Pilot. „Sie wollen Nairas kaufen gegen US Dollar?“ „Nein, nur Nairas bekommen für unsere Spesen.“ Nun, das war nicht abgesprochen. Ich gab ihnen das Geld gegen Quittung und bat, doch nach Rückkehr von der Weltreise eine Spesenabrechnung einzureichen. Die kam aber nie, selbst nach mehrmaligen Mahnungen. Also in den Aufwand gebucht, unter Chairman Besuch. Ich habe dann den Vorgang an den persönlichen Assistenten des Chairman geschickt, der uns umgehend den Betrag erstattete.

Staatsbesuch – 2. Teil

Vor der Abendveranstaltung machte die Delegation noch einen Stop bei der Penthauswohnung von meinem Chef. Nach einiger Zeit bat der Chairman darum, ihn, seine Gattin und seinen Assistenten schon ins Hotel zu fahren. Hendrik schaute nach seinem Fahrer, konnte ihn aber nicht finden. Das war natürlich sehr peinlich. Hendrik setzte sich selbst ans Steuer und fuhr die Herrschaften ins nahe gelegene Hotel. Als er zurückkam und den Fahrer vorfand, feuerte er ihn auf der Stelle. Der Fahrer zog von dannen. Mein Fahrer Dayo berichtete, dass Hendriks Fahrer losgezogen war, um Essen zu kaufen, gerade als Hendrik ihn suchte „Wir haben ein Problem", sagte Hendrik zu mir. „Wer fährt den Chairman morgen zum Flughafen?" Ja, was sollte ich darauf antworten? Ich hätte antworten können: „Sie haben ihn gefeuert, dann fahren Sie mal schön." Aber in dieser angespannten Lage wollte ich kein Öl ins Feuer gießen. „Da wird sich schon eine Lösung finden", sagte ich stattdessen. Die Lösung war dann, dass Hendrik selbst fuhr. Dayo, der durch die Vermittlung von Hendriks Fahrer den Job bei mir bekommen hatte, sagte mir, er würde weiterhin für mich arbeiten, trotz der Kündigung seines Freundes.

Ich weiß nicht, warum Hendrik das gemacht hatte. Natürlich war er übernervös wegen des Chairman Besuches. Aus Wut heraus so einfach jemand zu feuern ohne ihn anzuhören, warum er nicht da war, fand ich nicht richtig.

Die Abendveranstaltung verlief großartig. Die Resonanz auf die Einladungen war sehr gut. Sulola hatte einen Superjob gemacht, alle waren zufrieden. Der Chairman lud unser Team dann noch zu einem Drink auf sein Zimmer ein. Hier ging es sehr locker zu und es wurde viel gelacht.

Am nächsten Morgen fuhr ich dann mit Dayo schon mal zum Flughafen. Wir kamen recht zügig durch den Verkehr, es musste ja nicht alles schiefgehen. Am Flughafen besorgte ich mir die Ausreiseformulare und wollte sie schon einmal ausfüllen. Die notwendigen Daten, wie Passnummern, Geburtsdaten etc. hatte ich bekommen. Nur gab es keinen Schreibtisch und keine Sitzmöglichkeit. Dayo war schon weggefahren, um einen Parkplatz zu suchen. So stand ich da mit Formularen aber ohne Arbeitsplatte. Da sah ich ein Auto, rannte hinüber und fragte den Fahrer, ob ich das Autodach als Unterlage für meine Ausfüllaktion benutzen dürfe. Er sagte: „Nein, das geht nicht. Ich muss jetzt wegfahren.“ Ich gab ihm einen Nairaschein und fing an zu schreiben. Er jammerte: „Ich muss jetzt wirklich losfahren." „Noch einen kleinen Moment", sagte ich und steckte ihm gleichzeitig noch einen Schein zu. Zum Glück brauchte ich nicht sehr lange und ließ ihn dann weiterfahren. So, wo sind die Anderen? Die kamen von Hendrik chauffiert kurze Zeit später an. Ich übergab die Formulare und ab ging es durch die Kontrollen. Hendrik und ich durften mitkommen, wohl weil es ein Privatflugzeug war. Somit hatten wir die Gelegenheit, auch mal den Jet von Innen anzusehen. Der Flieger war sehr komfortabel ausgestattet mit Sitzecken und Tischen. Ja, so kann man auch reisen.

Hendrik und ich verabschiedeten uns, wünschten noch eine gute Reise und verließen den Jet. „Hat doch alles geklappt", sagte Hendrik sichtlich erleichtert. „Ja, fand ich auch." Wir fuhren zurück, aber nicht in die Bank, sondern zur Hotelbar des Federal Palace Hotel. Das Star-Bier schmeckte jetzt richtig gut.

Bye-bye Lagos

Die Zeit zum Abschiednehmen war gekommen. Ich war nun zwei Jahre und ein paar Monate in Lagos und das Area Headquarter signalisierte mir, dass eine neue Aufgabe auf mich wartete. Mein Nachfolger aus den USA war schon eingeflogen und ich arbeitete ihn in mein Aufgabengebiet ein. Hendrik wurde auch von einem Mitarbeiter der Filiale London abgelöst. Er selbst wurde in das Area Headquarter in London versetzt. So ging quasi die Phase des Pionier- Banking zu Ende und eine neue Mannschaft übernahm das Ruder.

Ich sagte, dass ich mich über eine neue Aufgabe sehr freuen würde, allerdings hätte ich gerne nach Beendigung meiner Entsendung nach Lagos erst einmal Urlaub. Der fiel aber kurz aus, da man mich in meinem neuen Einsatzort Bangkok in Thailand dringend brauchte.

Zum Abschied schenkten mir meine Mitarbeiter eine sehr schwere Bronzemaske. Sie wird mich immer an meine Zeit in Nigeria erinnern. Sie ist allerdings so schwer, dass ich es nicht wage, sie an die Wand zu hängen. Aber auf einem Schrankbrett stehend hat sie auch ihre Wirkung.

Entwicklung der Bank in Nigeria

Der Mietvertrag für das Bankgebäude wurde nach 5 Jahren nicht verlängert. Die Bank zog in größere Geschäftsräume an der Awolowo Road auf Ikoyi Island. Später gab es noch weitere Umzüge, alle bedingt durch starke Expansion und damit viele neue Mitarbeiter.

Der Staat Nigeria kaufte sich in die Merchant Bank ein und laut Adeola war der neue Name der Bank ihr Vorschlag. Der Staat übernahm dann die Gesamtbank in Nigeria und änderte wiederum den Namen. Heute würde ich die Bank nicht wiedererkennen, aber ich denke gerne an die Zeit in der ursprünglichen Bank mit den aus einer Villa kreierten Geschäftsräumen auf Ikoyi Island zurück.

Ehemalige Mitarbeiter

Die lokalen Mitarbeiter der ersten Stunde haben es geschafft, in Führungspositionen zu kommen. Dabei ist Adeola, unser liebes ruhiges Mädchen, der Star. Im Internet habe ich recherchiert: Unsere Sekretärin wechselte nach meinem Fortgehen in den Treasury-Bereich, den ich ursprünglich aufgebaut hatte. Ich operierte mit Boten und Mopeds und Motorrädern, die meine Kommunikation zu unseren Geschäftspartnern in Abwesenheit von Telefonleitungen aufrecht hielten. Nachdem die Bank staatlich war, gab es bestimmt genügend Telefonverbindungen. Adeola sagte in einem Interview, dass sie dort viel gelernt habe und es ihr richtig Spaß gemacht hat. Leider wurden ihr immer wieder neue Bosse vor die Nase gesetzt, die von Außerhalb kamen. So verließ sie die Bank, schwer enttäuscht, dass es keine Karrieremöglichkeiten für weibliche Mitarbeiter gab. Sie wechselte in andere Branchen und ist heute eine sehr reiche Frau.

Weitere Erfolgskandidaten sind Mitarbeiter aus der Kreditabteilung, die heute wichtige und hochrangige Positionen innehaben.

Meine direkten Mitarbeiter werde ich vermissen. Ohne Sulola wäre alles so viel schwerer gewesen. Ich habe sie nicht im Internet gefunden. Es gibt zwar viele Sulolas mit ihrem Nachnamen, aber die passen alle nicht ins Bild. Vielleicht hat sie geheiratet und einen neuen Namen angenommen. Mein Fahrer Dayo war immer zur Stelle und fuhr mich sicher durch das Chaos in Lagos. Er wollte ja Taxifahrer werden. Ich hoffe, sein Traum wurde Wirklichkeit. John hatte immer gute Laune und war bei mir nicht nur wegen des Tees und Kaffees beliebt. Elke wird Karriere gemacht machen. Ben, der Bote und dann der Oberbote wird auch seinen Weg gegangen sein, wenn er weiterhin seine Intelligenz und Energie richtig eingesetzt hat. Mein Hausboy Michael fand schnell eine neue Stelle. Auch ihn werde ich vermissen.

Nachwort

Die Eröffnung von neuen Filialen und Tochtergesellschaften weltweit hielt noch 10 Jahre an. Dann kam ein neuer Chairman und dieser schloss eine ausländische Betriebsstätte nach der anderen. So war es für mich an der Zeit, diese Bank zu verlassen und einen neuen Arbeitgeber zu finden. Es war damals der Zeitpunkt, als Schweizer Banken nach Deutschland expandierten. Bei einem Einstellungsgespräch in einer Bank in Frankfurt, die gerade von einer Schweizer Bank übernommen worden war, sagte mir der Personalchef: „Ich weiß zwar noch nicht, wo wir Sie einsetzen werden, aber mit Ihrem Background brauchen wir Sie dringend."

Die Inflation in Nigeria galoppierte immer schneller. Der Wert der Naira ist seit meinem Aufenthalt ins

Bodenlose gefallen. Während ein 10 Naira Schein damals noch 37 D-Mark Wert war (etwa 18 Euro), bekommt man jetzt nur noch 10 Pfennige (5 Euro Cent) dafür.

1975
LAGOS, NIGERIA
Orientierung-Orientation
1. Unsere Bank - our bank
2. Unsere Apartments-our apartments
3. Plot 831
4. Federal Palace Hotel
5. Jankara Market
6. Mainland Hotel
7. Hafenplätze (16) - 16 places for ships to berth
8. Bar Beach
9. Maroko
10. Wartende Schiffe - ships waiting to berth
11. Flughafen- airport
YABA
11
EBUTE METTA
6
5
LAGOS ISLAND
IKOYI ISLAND
1
APAPA
7
VICTORIA ISLAND
4
3
9
2
8
10